Archibald d'Handrax

Carnets secrets

Rivages

Retrouvez l'ensemble des parutions
des Éditions Payot & Rivages sur

payot-rivages.fr

Ouvrage réalisé sous la direction
d'Émilie Colombani.

Carnets secrets

Préface

Par Bernard Quiriny

Quand la baronne d'Handrax nous a priés, son fils Arthur et moi, de trier les papiers du Baron disparu, j'ai éprouvé une intense excitation : le moment était venu de savoir si mon vieil ami était resté, comme il l'avait prétendu, un abstinent littéraire, ou s'il laissait en fin de compte, comme je le pensais, un ou plusieurs manuscrits achevés.

L'excitation a cédé la place à une forme de panique quand Arthur et moi avons poussé pour la première fois la porte de son bureau, où personne n'avait plus mis les pieds depuis sa mort. Je savais que le Baron gardait tout ; quand même, je ne m'étais pas attendu à trouver une telle quantité de notes, livres, dossiers, classeurs, cahiers, feuilles et blocs en tous genres, entassés partout jusqu'au plafond. J'hésite, pour donner une idée de cette Himalaya de papier, s'il faut en parler en nombre de pages, en cubage ou en tonnes. Arthur et moi, un peu sonnés, nous sommes mis sans attendre au travail – ranger, classer, trier ; cela nous a pris plusieurs semaines.

Nous avons découvert de nombreux manuscrits, mais tous abandonnés à des stades divers de composition. Le Baron avait cette fâcheuse habitude de ne jamais pousser ses entreprises littéraires jusqu'au bout, peut-être à cause de son trop-plein d'idées qui lui donnait toujours envie, quand il avait commencé un livre, de passer aussitôt à un autre. Peut-être aussi trouvait-il du plaisir dans les débuts, à la façon de Barthes qui disait n'aimer dans l'écriture que commencer (et finir).

Citons, parmi ses projets inachevés que nous avons mis au jour :

– des notes pour un Dictionnaire des traîtres *;*

– une étude des contes fantastiques sur le thème du double ;

– un essai sur les personnages de domestiques dans la littérature française ;

– des tentatives de donner une existence réelle à des livres imaginaires : l'étude du professeur Stangerson sur la dissociation de la matière, la thèse du Dr Knock sur les prétendus états de santé, etc. ;

– une demi-douzaine de débuts de romans, plusieurs centaines de débuts de nouvelles, des bouts-rimés par dizaines ;

– mais aussi divers travaux inaboutis de géologie, de mathématiques et d'astronomie, preuves de la curiosité universelle du Baron et de son goût pour les données chiffrées et les mots en latin.

Je désespérais de trouver dans ce fouillis quoi que ce soit de publiable quand nous sommes finalement tombés, au fond d'une boîte que nous aurions dû ouvrir en premier puisqu'elle était posée en évidence sur le bureau, mais que nous avons ouverte en dernier précisément pour cette raison (le syndrome de la lettre volée), sur un cahier d'écolier orné de ce titre : Carnets secrets. *Il contenait plusieurs centaines de fragments ; le texte, sans ratures, avait l'air mis au net. Il était fini, pour autant qu'un livre puisse l'être.*

Enfin, un livre complet !

Que le Baron eût prisé le genre littéraire du texte bref, de l'éclat, du trait d'esprit, n'est pas pour me surprendre. Il adorait les paradoxes, les aphorismes, les anecdotes ; il haïssait l'esprit de système, se disant « contre le système et les systèmes ». Il approuvait la concision (un comble, pour ce bavard[1] *!), et la miniaturisation sous tous ses aspects. La brièveté, disait-il, est en littérature une forme de la politesse ; il ajoutait que les gros livres ne devraient servir qu'à faire sécher des fleurs. Cela ne l'empêchait pas d'en lire.*

Je retrouve dans les pages de ces Carnets *le Baron tel que je l'ai connu, avec ses traits de caractère, son ironie, son goût d'inventer, sa curiosité, son ton sarcastique, sa mélancolie, sa faculté d'émerveillement, sa propension au dégoût, son conservatisme, son anarchisme, son pessimisme, son libéralisme son éclectisme et tous ses -ismes.*

La baronne d'Handrax a bien voulu me permettre de le publier, et d'y ajouter cette préface ; qu'elle en soit remerciée. Merci aussi à Arthur pour l'aide

1. *Il n'est pas peu surprenant, à ce titre, que le présent volume s'achève sur un triple appel au silence.*

qu'il m'a apportée dans le déchiffrement des pattes de mouche de son père.

Le Baron a coché, sur le manuscrit, tous les fragments dignes d'être retenus ; aussi ai-je écarté les autres. J'espère ne m'être pas trompé sur la signification de ces croix.

B.Q.

Écologie. On tire les feux d'artifice la nuit pour ne pas blesser les oiseaux.

*

Caractères. Il possède la plus grande collection de mauvais souvenirs du monde.

*

Procrastination. Ne sachant plus quoi inventer pour ne pas se mettre au travail, cet écrivain a doté son ordinateur d'un mot de passe long de six mille caractères.

*

Écologie. À distance respectable, le ministre de l'Environnement jette une médaille à cet homme qui ne se lave plus depuis un an, pour économiser l'eau.

*

Technologie. C'est la forme des pales qui distingue l'éolienne du ventilateur.

*

Signalisation. Panneau indicateur sur une route près de Gouvy, dans les Ardennes belges : « Traversée de scouts ».

*

Enfance. Sitôt qu'il a eu fait ses dents, il a rongé les barreaux de son lit. On ne l'a jamais revu.

*

Lecteurs. Mariant l'amour du métier et la passion pour la littérature, ce banquier collectionne les chèques autographes des grands écrivains.

*

La vie moderne. De ma fenêtre, je vois celle du voisin.

*

Historiette. Incapable d'apprendre ses leçons sans les ânonner à voix haute, cet étudiant a révisé tout l'été dans la forêt, pour ne déranger personne. À la rentrée, six merles, quinze belettes et deux écureuils instruits par ses récitations ont passé l'examen avec succès.

*

Faits-divers. La foudre a frappé ce chêne au moment précis où le jeune homme achevait de graver dans l'écorce les initiales de sa fiancée, entrelacées aux siennes au milieu d'un cœur.

*

Signalisation. Aux baigneurs, le maître nageur explique que les balises flottantes dans l'eau délimitent la zone de noyade.

*

Lecteurs. Ils avaient inventé un prix qu'ils remettaient chaque hiver à celui des écrivains n'ayant rien publié dans l'année dont ils avaient le plus apprécié le silence.

*

Le monde à l'envers. Son éclat de rire provoque un torrent de mots d'esprit.

*

Mœurs. « Un Phocéen du peuple disait un jour devant moi, parlant de sa cigarette qu'il laissait se consumer dans le cendrier : "C'est le bon Dieu qui la fume." » (Montherlant, *Service inutile.*)

*

Caractères. Il disait : « On n'a qu'une vie, il s'agit de ne pas la rater à moitié. »

*

Caractères. Si distrait qu'il a perdu son tatouage.

*

Le monde à l'envers. Devant le public fasciné, le taureau immobile chargea le matador épuisé et l'estoqua, plantant sa corne dans la trachée. Geste parfait qui, après dix minutes d'applaudissements, lui valut les oreilles et le pénis du matador, coupé délicatement pour ne pas endommager sa culotte de soie.

*

Le monde à l'envers. Je suis prêt à tout pour échouer.

*

Lucidité. Il citait cette phrase de Cioran : « Il est inutile de se suicider, puisqu'on se suicide toujours trop tard. » Nous la méditions longuement.

*

Miroirs. Je n'ai plus de reflet. « Le miroir boude », me confie son propriétaire.

*

Miroirs. Face au même miroir, je vois avec stupéfaction la silhouette du général de Gaulle. « Il plaisante », me dit son propriétaire.

*

Défis. Il avait enregistré sur mille huit cent cinquante-six cassettes une traduction intégrale de la *Recherche* en morse.

*

Écrivains. À table, ce soir, concours de mots d'esprit. Nous sommes fatigués, et cela se sent. Je note ceci : « Ayant atteint soixante-dix ans, il commença de rédiger ses trous de mémoire. »

*

Caractères. Paranoïaque, il regardait toujours devant lui pour être sûr de ne suivre personne.

*

Le monde à l'envers. Ayant longuement fait l'amour, ils convinrent à demi-mot de se rendre ensemble dans un café pour faire connaissance.

*

Répliques. Abjection, votre honneur.

*

Écologie. J'éteins ma montre la nuit pour économiser le temps.

*

Écologie. Ce notable a installé des panneaux solaires sur sa surface sociale.

*

Annonces. « Gentil, patient, doux. Parmi ses nombreux talents, sait convertir instantanément toutes les dates du calendrier grégorien dans le calendrier révolutionnaire. »

*

Le monde à l'envers. Hirsutes et débraillés, les couples d'adolescents enlacés sur les bancs du square observaient avec dégoût la petite vieille scandaleuse qui, sans pudeur, jetait des croûtons de pain aux pigeons.

*

Le monde à l'envers. Je déambule dans une avenue de F*** quand les feuilles mortes autour de moi s'élèvent vers le ciel. Il n'y a pourtant pas de vent ; du reste, elles montent en ligne droite, comme guidées par un fil à plomb, en tournoyant sur elles-mêmes – rien à voir avec leurs courses folles quand il y a des bourrasques. Bientôt, je vois léviter aussi les gravillons, les papiers, tout ce qui ne pèse rien, attirés vers le haut comme sous l'effet d'un aimant. Les gens vont et viennent sans s'inquiéter. J'aborde un passant. Il considère ma face blême puis demande : « Eh bien ! Vous n'avez jamais vu la neige ? »

*

Farce. Ayant enfoui des mines, il dessina par terre un jeu de marelle et s'en fut.

*

Citation. De Louis Scutenaire : « C'est un livre admirable, comme il y en a tant. »

*

Citation. De Scutenaire encore : « Le contraire est toujours vrai. »

*

Faits divers. Respectueux de la loi jusqu'au bout, cet huissier de justice a été retrouvé mort dans sa voiture, à l'arrêt devant un feu bloqué au rouge depuis six jours.

*

Le monde à l'envers. Ayant installé dans sa voiture un puissant système musical doté de caissons de basses énormes, ce jeune homme à casquette roule fenêtres ouvertes dans les rues en faisant hurler une symphonie de Beethoven.

*

Annonce. Avant de rouvrir officiellement ce bar fermé depuis huit ans, son nouveau propriétaire juge nécessaire de refaire les peintures. Pendant les travaux, il punaise sur la porte ce raccourci : « Fermé pour cause de réouverture ».

*

La vie moderne. Au père essoufflé qui demande si c'est un garçon, la sage-femme calmement répond : « Oui, mais il pourra toujours changer. »

*

La vie moderne. Pour ne pas heurter l'orgueil de son chien, ce maître le promène au bout d'une laisse égalitaire, un collier de chaque côté.

*

La vie moderne. Un alambic pour distiller les livres. Du serpentin sortent des bandelettes où quelques mots résument l'intention véritable de l'auteur. On est souvent surpris.

*

Soldes. Le pantalon du costume étant trop long, la vendeuse propose une retouche. J'acquiesce, elle m'emmène dans une cabine où je trouve un lit d'étirement. « Couchez-vous, ordonne-t-elle, je vais attacher les sangles. »

*

Soldes. Ayant avisé en vitrine un beau manteau, je demande à l'essayer. Surprise du vendeur : « Mais Monsieur, c'est une boutique de mannequins, ici. »

*

Mœurs. Je vouvoie certains amis par plaisanterie, d'autres parce qu'ils sont schizophrènes.

*

Défis. Écrire une nouvelle dont les mots (sauf « et », « ou » et « mais ») sont rangés dans l'ordre alphabétique.

*

Écrivains. Né en 1619 dans une famille de la bourgeoisie parisienne, Antoine Furetière, après son droit, s'est inscrit en 1645 au barreau de Paris. Ayant acheté une charge de procureur fiscal auprès de l'abbaye de Saint-Germain-des-Prés, il est entré dans les ordres. À la fin des années 1640, il publie des poèmes, des fables et des romans. En 1652, il est élu à l'Académie française ; il en sera exclu en 1685 pour avoir écrit son propre dictionnaire. Son *Roman bourgeois*, livre novateur du XVIIe siècle, a reçu le prix Goncourt en 1666.

*

Œuvre. Trouver des gens nommés Aubois, Corre, Halteaux, etc. Prendre une photo de groupe et l'intituler *Orchestre*.

*

Le monde à l'envers. Il entre dans une pièce où la télévision est allumée, l'éteint, s'assied et contemple longuement l'écran noir. Puis il regarde sa montre, rallume la télévision et s'en va.

*

Enfance. Déposant le bébé endormi dans son lit à barreaux, elle découvre parmi les peluches une lime et une scie à bois.

*

Défis. Écrire une nouvelle en français qui, phonétiquement, raconte une histoire en allemand. L'inverse pour les Allemands.

*

La vie moderne. Comme je demande aux ouvriers pourquoi ils goudronnent à nouveau cette route de campagne impeccable, où personne ne passe, alors que tout près la nationale tombe en ruine, ils répondent que là-bas les nids-de-poule ralentissent déjà la circulation, alors si en plus on ferme une voie pour les travaux…

*

La vie moderne. À la station-essence, le cocher tente en vain d'enfourner la pompe à diesel dans la bouche de son cheval récalcitrant.

*

Écrivains. J'écris un roman sur rien, dit l'émule de Flaubert agitant sa plume dans le vide.

*

Lubies. Nous jouions au Jenga avec les briques d'un mur porteur.

*

Faits divers. Ayant constaté l'apparition quotidienne de tiges d'acier dans les pelouses du Champ-de-Mars, les ingénieurs des Ponts et Chaussées ont émis l'hypothèse que la tour

Eiffel, sous l'effet des vents, disséminait des achaines, comme un pissenlit.

*

Faits divers. En 1915, un groupe de soldats allemands fait halte près de ce puits de Moselle et tire de l'eau : elle brûle le ventre de ceux qui la boivent et leur provoque des hallucinations pendant trois jours. Expédié au fond pour examen, un enfant du village remonte deux amanites d'une taille surréelle, le chapeau large comme un pain, parsemé de flocons de volve gigantesques ; il prétend que les parois en sont recouvertes. Mais quand les soldats veulent nettoyer le puits le lendemain, elles ont disparu, et l'eau est redevenue potable.

*

Le monde à l'envers. Sous l'effet du désir, le sang reflue du sexe de l'homme qui rétrécit à vue d'œil, tandis que s'assèche celui de la femme. C'est pourquoi la copulation est malaisée, et la perpétuation de l'espèce incertaine.

*

Le monde à l'envers. Avisant contre la rambarde une femme heureuse qui n'envisageait nullement de sauter, j'ai réussi par des prédictions sinistres à la convaincre de renoncer à son geste.

*

La vie moderne. Nos maisons sont si proches que nous avons une fenêtre commune : elle s'ouvre de son salon dans le mien, et du mien dans le sien.

*

Journalisme. Parce qu'il n'est pas d'interview que l'intervieweur n'ait plus ou moins truquée, ce journal trouvait honnête de substituer à la formule traditionnelle : *Propos recueillis par...*, la formule : *Propos réécrits par...*, voire *Propos tenus par...*

*

Devise. « Je n'ai jamais, en écrivant, cherché quoi que ce soit d'autre que le plaisir délicieux et toujours nouveau d'une occupation inutile. » (Henri de Régnier.)

*

Métaphysique. Au pôle Nord, ai-je une chance de réaliser mon rêve : fouler, fût-ce sur un mètre carré, un bout de Terre où *personne* n'a jamais posé le pied ?

*

Biologie. L'aisance avec laquelle chacun manipule ses génitoires contraste avec les contorsions qu'il faut faire pour les mettre en contact avec celles d'autrui.

*

Anachronisme. Comme je ne voulais pas croire son histoire, il jura « sur le faisan ». Devant mon air interloqué, il expliqua que jadis à table on jurait sur ce gibier rare et noble. Puis il reconnut que cette expression n'était plus guère usitée depuis la fin du Moyen Âge.

*

Le monde à l'envers. Chaque année, usant du pouvoir de faire disgrâce, le Président fait emprisonner une poignée d'innocents.

*

Écrivains. Aimablement, il m'expliquait ses techniques. « Cela tient à rien. Voyez cette phrase : "Nous avons fait l'amour." Elle est banale. Maintenant, j'ajoute un mot : "Nous *lui* avons fait l'amour." Et là, une autre scène vous vient à l'esprit. »

*

Écrivains. Né au 7 de la rue Quincampoix, il fréquenta l'école au bout de la rue, sur le même trottoir. À quatorze ans, il entra dans la boutique de son père, au rez-de-chaussée de la maison familiale ; pendant ses congés, il commença d'écrire des contes. Il se maria avec la fille des voisins du 9 et s'installa avec elle au 12, où il éleva leurs enfants et écrivit ses livres. Il ne prit jamais de vacances, ne vit rien que la rue Quincampoix. À sa mort, en 1950, on l'enterra au cimetière qui jouxte l'école. Ses romans, dont l'action trépidante se déroule au Brésil, en Russie, en Égypte et à Macao, sont ce qu'il y a de mieux en matière d'exotisme et d'aventures.

*

Le grammairien. On dit : « D'un commun accord. » Mais quel accord n'est pas commun ?

*

Écrivains. Il écrivait le premier jet d'une traite puis récrivait tout en biffant et réduisant, deux fois de suite. Ensuite, il relisait le troisième état du texte et ajoutait des passages ; puis il le récrivait encore, en rajoutant d'autres. Pour finir, le manuscrit était identique au premier jet. Mais il ne pouvait rien publier sans cet aller et retour.

*

Listes. Recueil d'historiettes, d'anecdotes, de pensées. *Spicilège*, Montesquieu. *Donc…*, Henri de Régnier. *Trois impostures*, Paul-Jean Toulet. *Mes inscriptions*, Louis Scutenaire. *Papiers collés*, Georges Perros. *Les Fausses Dents de Berlusconi*, Jacques Drillon.

*

Lecteurs. Tous les 15 septembre, vers six heures du matin, il se tient devant le quai Saint-Bernard avec une réplique télécommandée du *Ville-de-Montereau* et rejoue en miniature la première phrase de *L'Éducation sentimentale.*

*

Citation. « Sénèque se plaint (dans son *De beneficiis*), alors qu'il déclame sur les vices du temps, d'avoir été réveillé à minuit par les cris d'esclaves que le maître châtiait à ce moment-là, au lieu de le faire le soir. Ce n'est pas tant la chose elle-même qu'il dénonce, que l'heure indue. » (Adam Smith.)

*

Mœurs. Horrifié, il découvrit que sa femme le trompait avec sa maîtresse à lui.

*

Lecteurs. Ce libraire cachait les prix sur les livres au moyen de vignettes autocollantes, puis il écrivait manuellement un prix fixé selon ce qu'il estimait être leur valeur littéraire. « Je suis un commerçant honnête. »

*

Cérémonies. Au moment d'apposer sur l'acte sa signature, le stylo bille refusa de donner de l'encre. « Il est vide », déclara le maire amusé. Mais elle, toute pâle, y vit un signe. Elle simula un malaise, fit une crise de nerfs, puis tacha sa robe pour être obligée d'aller se changer ; enfin, quand elle ne trouva plus rien, elle annula tout, au scandale des familles.

*

Cérémonies. Glissant bêtement, le marié fit une chute mortelle sur le perron de l'église. Comme la famille avait du sens pratique et que le curé était libre, on célébra l'enterrement de suite, pour être quitte.

*

Cérémonies. Ce fut un mariage grandiose, qui coûta des millions. La mariée était belle, l'homélie fut poignante, la robe admirée, le dîner parfait, l'orchestre excellent ; on n'avait jamais vu mieux dans la région. Pourtant, cinquante ans plus tard, les invités survivants n'en avaient retenu qu'une chose : le son disgracieux qu'avait produit certaine partie de la mariée au moment exact où son époux répondait oui, amplifié par l'écho dans l'église surpeuplée.

*

Un doute. Deux jumeaux épousèrent deux jumelles qui, farceuses, échangeaient souvent leur place. Au moment fatal, le deuxième à mourir fut incapable d'obtenir de sa femme la confirmation qu'elle était bien celle qu'il avait épousée trente ans plus tôt, et non sa sœur.

*

Citation. « Les députés sont beaucoup trop nombreux. Heureusement que la plupart du temps ils ne sont pas là. » (Eugène Pierre.)

*

Lecteurs. Chaque matin, après avoir passé en revue sa garde-robe, il entrait dans sa bibliothèque pour choisir le livre assorti à son habit, qu'il arborerait pour sortir.

*

Lubies. « Parmi d'autres objets sans but visible, on découvrit de vieilles boîtes à cigares qui contenaient des centaines de feuilles de papier découpées avec soin, ornementées aux encres de couleur, et couvertes de devises ou de curieuses annonces telles que : “Château féodal à louer avec pont-levis, tourelles et commodités”, suivaient une description et le prix. On n'a jamais bien su quel mystérieux plaisir il prenait à ces secrètes et vaines élucubrations. » (Maurice Sachs à propos de la maison d'Erik Satie.)

*

Portraits. « Henri de Régnier, monoclé, hautain, ennuyeux… » (Maurice Sachs.)

*

Lecteurs. Il ne supportait pas de découvrir qu'entre deux auteurs qu'il admirait l'un avait dit du mal de l'autre, ni qu'un écrivain qu'il admirait avait dit du bien d'un autre qu'il n'aimait pas. « Ce n'est pas dans l'ordre des choses. »

*

Caractères. « Incrédule ? Moi ? »

*

Logique. Qui viole un œuf viole un bœuf.

*

Le monde à l'envers. Ayant ratissé ses partenaires et entassé près d'un millier de jetons ainsi que deux montres en or, il quitta la table et claqua la porte en fulminant. Il est très mauvais gagnant.

*

Météo. Dans certains pays tropicaux, les tornades sont un moyen de transport gratuit et très apprécié.

*

Bordelais. François Mauriac, Jean de La Ville de Mirmont, Raymond Guérin, Jean Forton, Jacques Abeille.

*

Miroirs. Cette fois, je me trouve vieilli, visage ridé, cheveu rare et devenu blanc. Je m'affole. « Il se trompe d'époque », me rassure son propriétaire.

*

Miroirs. Comme nous passions devant un miroir, je découvris que mon ami ne s'y reflétait pas. Me tournant vers lui, je vis alors que la peau de son visage avait pris une extraordinaire teinte argentée, et que tous les détails – les yeux, les lèvres, les sourcils – étaient effacés.

Au lieu qu'il se reflète dans le miroir, le miroir se reflétait en lui. « Ça recommence », dit-il, agacé comme au retour d'un bouton de fièvre.

*

Transports. Par plaisanterie, les employés de la gare avaient écrit sur le panneau des départs, entre le 8 h 35 pour Lyon et le 8 h 53 pour Dijon, un 8 h 49 imaginaire à destination de la Lune, départ voie 16. Rires. Or, un homme se présenta vers 8 h 45 au contrôleur et produisit un billet pour le cratère Copernic, acheté deux semaines plus tôt dans une boutique. Une enquête interne est en cours.

*

Marcels. Proust, Aymé, Béalu, Arland, Thiry, Mariën, Brion, Bisiaux, Schneider.

*

Arts. Le plus célèbre roman paru dans ce pays est en réalité le scénario d'un film que son auteur n'a pas tourné. Inversement, le film le plus fameux est un montage de vidéos tournées par un écrivain en repérage pour les décors et l'action d'un roman abandonné.

*

Énigme. Son père biologique (ADN à l'appui) est mort le 2 janvier 1961, *onze mois* avant sa naissance le 14 novembre 1961. Personne ne se l'explique.

*

Sports. Assis sur deux chaises au milieu d'un ring, les mains gantées, ils s'insultèrent jusqu'au K.-O. devant un public électrisé.

*

Venise. « L'usage de tout transporter par eau à Venise produit des spectacles assez comiques. Dans une barque, tout seul, cérémonieux, un fauteuil semblait se rendre en visite chez quelque meuble de sa connaissance. » (Henri de Régnier.)

*

Citation. Montherlant : « Ce que nous applaudissons le plus dans un auteur est cela où nous nous reconnaissons nous-même. De là que, très souvent, c'est par leur part la moins originale que survivent les génies. »

*

Mœurs. « Je pars pour Modène au début de la semaine prochaine. Si la chose est possible ; je vous enverrai de là-bas un saucisson que l'on y fait et qu'on appelle : *grosse patte* ou *petite jambe* ; c'est un objet qui a du charme (comme on dit) posé sur une table de nuit ou sur une cheminée. » (Mandiargues à Paulhan, 17 janvier 1950.)

*

Revues à rédacteur unique. Les Taches d'encre (Barrès). *Die Fackel* (Karl Kraus). *Le Pal* (Bloy). *Le Mois* et *Le Monte Cristo* (Dumas). *Le Pavé de Paris* (Berl). *Saint-Graal* (Emmanuel Signoret). *Maintenant* (Cravan).

*

Le monde à l'envers. Hyperactif, ce trépassé a fait pendant quelques secondes une *near life experience*, et s'est trouvé tout proche de la vie. Depuis, ses amis se passionnent pour son témoignage, qui les met face à la fragilité de leur mort et au sens profond de l'inexistence.

*

Répliques. « On se répétait gaiement, sur les bancs de la droite, un dialogue échangé, au lendemain de 1830, entre Thiers et Manzoni, le poète italien. "Tout va à souhait, lui disait Thiers, et je réponds de tout, à moins que la foudre..." Sur quoi Manzoni : "Quand on a des raisons pour craindre la foudre, il ne faut pas taquiner les nuages." » (Daniel Halévy.)

*

Le monde à l'envers. « Je ne juge pas inutile de téléphoner à l'horloge parlante. Surpris d'entendre à l'autre bout du fil la voix éraillée de l'horloge me demander l'heure. » (Jacques Sternberg.)

*

Traditions. Comme ce voyou retrouvait la liberté après dix mois de cellule et faisait ses premiers pas dans la rue, il eut la surprise d'entendre le directeur de la prison crier après lui. Craignant d'avoir été libéré par erreur et qu'on veuille l'enfermer à nouveau, il eut le réflexe de courir ; mais le directeur le rattrapa et, essoufflé, montra en souriant un cahier vert : « Vous n'avez pas signé le livre d'or ! »

*

Caractères. Il ne finit jamais ses

*

Caractères. Surprise de ce client quand le serveur, après qu'il a longuement consulté la carte, vient demander ses choix. « Comment ? s'exclame-t-il. Il faut *choisir* ? »

*

Le monde à l'envers. « Étrange d'ailleurs de penser que l'homme se réveille parfois, affolé par quelque cauchemar et que jamais il ne lui arrive de se redresser en sueur, terrorisé à l'idée d'être debout dans une journée comme tant d'autres, enlisé dans cette existence que l'on doit supporter sous le prétexte un peu ridicule qu'entre la vie et la mort on n'a pas prévu de solution intermédiaire. » (Jacques Sternberg.)

*

La vie moderne. Lorsque les poires étaient bien mûres, ce maraîcher survolait son verger en hélicoptère pour y déverser du poivre. « Les arbres éternuent tout leur saoul, d'où des secousses qui font tomber les fruits. Il n'y a plus qu'à se baisser pour les ramasser. »

*

Caractères. Chaque matin, avant d'y verser son café, il recollait patiemment les morceaux de la tasse que par colère il avait brisée la veille.

*

Écrivains. Nulla dies sine linea, disait-il doctement en étalant sur sa table de travail de fines lignes de poudre blanche.

*

Le monde à l'envers. Sur la scène, un homme seul bat longuement ses mains l'une contre l'autre. Au bout d'une heure, quatre cents spectateurs munis d'un petit piano portatif jouent sur leur clavier pour dire qu'ils ont aimé.

*

Le monde à l'envers. Agenouillé devant son roi, ce pair avait l'immense honneur d'être désanobli par lui.

*

Le monde à l'envers. Parmi les usages pittoresques de ce petit pays démocratique, celui qui veut qu'un électeur vote pour le parti qu'il déteste le plus, en sorte que le gagnant du scrutin est celui qui a le moins de voix.

*

Biographie. Après des études de lettres, de médecine, de droit, de mathématiques et de physique, il devint professeur de lycée, avocat puis ingénieur chez un constructeur automobile. Élu député de la Drôme, il passa quarante ans sur les bancs de la chambre et fut plusieurs fois ministre avant de terminer sa carrière au Conseil économique et social. Il publia une trentaine de romans, tous traduits en vingt langues, et dirigea dix ans durant une prestigieuse collection littéraire où il édita deux prix Nobel. Il créa une agence de publicité et trois fonds d'investissement qui aujourd'hui comptent cinq mille employés dans le monde. Golfeur passionné, il fut numéro un mondial durant six ans. On lui doit la découverte d'une dizaine d'espèces de poissons des profondeurs et le sauvetage d'une peuplade amazonienne menacée par la déforestation, combat auquel il a consacré trente ans de sa vie. Sur sa tombe, ces simples dates : « 1825-2030 ».

*

Journaliste. « Mes éditoriaux provoquent toujours des réactions houleuses », s'enorgueillissait-il en faisant allusion aux tombereaux de lettres qui, après chaque article, lui reprochaient ses fautes d'orthographe.

*

Le monde à l'envers. Le 16 septembre 1916, en pleine bataille de la Somme, le général Franchet d'Espèrey et le général Fritz von Below se réveillent dans le corps de l'autre et parlant sa langue, de part et d'autre du Rhin. D'abord déboussolés, ils voient vite l'avantage tactique de la situation. Pendant quinze jours, chacun s'efforce par des ordres absurdes de faire perdre sa nouvelle armée. Puis tout rentre dans l'ordre : le 25 septembre, ils sont de retour dans leur corps, munis de renseignements précieux sur le camp ennemi. Et la bataille de reprendre de plus belle.

*

La vie moderne. Grâce aux avancées spectaculaires de la science, chaque homme est désormais en mesure de ressusciter une fois après sa mort. Au bout de quelques années, les sociologues observent ce phénomène étrange : alors qu'ils ont une vie supplémentaire à leur disposition, les gens sont paradoxalement plus prudents qu'auparavant. « Si je gâche ma première vie, je n'en aurai plus qu'une », songent-ils. En avoir deux leur a inculqué le sens de l'économie, qu'ils ignoraient quand ils n'en avaient qu'une.

*

Saynète. « Oh, excusez-moi, Monsieur, je vous avais pris pour mon père, bafouille ce jeune homme dans la rue après avoir tapé sur l'épaule d'un inconnu. – On me le dit souvent », répond l'autre d'un air énigmatique.

*

Le monde à l'envers. Puis, après que la poule a couvé pendant vingt et un jours l'œuf qu'elle a choisi, son cloaque l'absorbe et il remonte l'oviducte en se décomposant.

*

Sports. Concours international de panique : victoire de l'Autrichien Klaus Habel (coup de feu dans le métro new-yorkais à dix-huit heures), le Néo-Zélandais Arthur Nielsen finit deuxième (fausse annonce d'un avion lancé sur un gratte-ciel en Thaïlande, à l'ouverture des bureaux).

*

Défis. « Je sais lire dans les pensées », affirma-t-elle d'emblée aux quatre inconnus dont elle allait partager le wagon durant ce voyage en train. Et, diabolique, elle leur fit cette proposition : « J'autoriserai à m'embrasser celui de vous quatre qui se retiendra le plus longtemps d'y penser. »

*

Le monde à l'envers. Au milieu du flot incessant des voitures qui klaxonnent à qui mieux

mieux du matin au soir dans les rues de S***, je vois passer une file d'une quinzaine de véhicules étrangement silencieux. « C'est un mariage », me confie mon guide.

*

Manuscrit trouvé dans. Une bouteille (Poe). Une gondole (Régnier). Une poche (Du Peron). Un chapeau (Salmon). Un cylindre de cuivre (De Mille). Une maison de fous (Bulwer-Lytton). Un vieux chêne (Mme de Savignac). Une cervelle (Louÿs, premier titre d'*Agathe*). Une maison abandonnée (Bloch).

*

Divination. « Jeudi prochain sera votre jour de chance », explique la voyante à ce malheureux venu la consulter en désespoir de cause. « Pourquoi ? Vais-je enfin gagner un peu d'argent ? – Non, répond-elle. Au contraire, les huissiers viendront prendre tout ce qui vous reste. Mais le soir, la corde que vous utiliserez pour vous pendre cassera. »

*

Répliques. Guizot à un adversaire, à la chambre : « Vous avez beau entasser outrage sur outrage, vous ne vous élèverez jamais jusqu'à mon dédain. »

*

Traditions. Il n'a pas pu se marier parce qu'il n'était pas né dans la bonne caste. « Mais je croyais que les castes avaient été abolies, lui dit-on. – Exact, répond-il. Mais il faut être né dans la bonne caste abolie. » (D'après Martin Suter.)

*

Caractères. Dans le parking près de la plage, je trouve un homme occupé à fixer patiemment un rideau pare-soleil au pare-brise de son cabriolet découvert.

*

Écrivains. Il avait eu l'idée de composer un roman entier en combinant des *incipit* pris dans ceux des autres. Cela marcha bien ; au bout de deux mois, il avait plus de cent pages. Mais il n'était pas satisfait : « J'ai l'impression d'en être toujours au début », se plaignait-il.

*

Politique. Constitution postrévolutionnaire selon l'anarchiste Rochefort, au début du XXe siècle : « *Article premier*. Il n'y a plus rien. *Article second*. Personne n'est chargé de l'exécution du précédent article. »

*

Histoire. 11 novembre 1918, à l'aube. Alors que dans le wagon de l'armistice ils examinent certain document précieux pour l'histoire du monde, Foch, Weygand, Wemyss, Erzberger, von Winterfeldt et les autres sursautent quand retentit dans le haut-parleur cette annonce : « Mesdames et Messieurs, notre train va partir. Attention au départ… »

*

Procrastination. Il localisait toujours ses intrigues dans des pays lointains, pour s'obliger à de longs et coûteux voyages d'études préliminaires. « Impossible de rien écrire sans avoir visité d'abord », se réjouissait-il – et d'ajouter en souriant que pour le moment, ses finances ne lui permettaient malheureusement pas le déplacement.

*

Le monde à l'envers. Grande conférence sur le climat à S***. Trois jours durant, huit cents scientifiques du monde entier débattent sur la manière la plus efficace de détruire plus vite ce qui reste de la planète.

*

Spectacles. Sur scène, le chirurgien opère méticuleusement le cœur du patient allongé, devant trois cents spectateurs captivés qui retiennent leur souffle. Tonnerre d'applaudissements quand au bout de deux heures il achève de recoudre le thorax puis salue, bistouri en main.

*

Transports. « C'est l'omnibus Lisieux-Tomsk, dit-il en désignant le train qui défile devant nous.

Il dessert mille quatre cent quarante-neuf gares à travers l'Europe et l'Asie. Départ 2008, arrivée prévue 2017. »

*

Le monde à l'envers. Avisant un panneau sur le bord de la route, mon chauffeur devient tout à coup nerveux, et accélère vigoureusement ; il ne revient à une vitesse raisonnable qu'après que nous avons passé une sorte de boîte grise dont il m'explique que c'est un radar automatisé, et qu'il faut le passer très vite pour n'être pas verbalisé.

*

Médecine. Le docteur fait asseoir l'enfant sur sa table, se saisit d'un petit marteau et lui donne un coup léger sur le crâne. L'enfant, spontanément, récite un poème. « Bons réflexes », commente le praticien.

*

Le monde à l'envers. Trois épais rugbymen prient poliment cette vieille femme chétive de bien vouloir les aider à placer leurs énormes valises dans le porte-bagages.

*

Procrastination. « Il se répétait une phrase de Baudelaire : “À quoi bon exécuter des projets, puisque le projet est en lui-même une jouissance suffisante ?” Elle lui servait d'absolution. » (Jean-Louis Vaudoyer.)

*

Le monde à l'envers. Affaires européennes : publication au *Journal officiel* de l'Union européenne de la directive n° tant sur la protection des chasseurs en période de nidification.

*

Un intellectuel. Il déposait toujours dans ses livres une erreur énorme sur une date, une citation inventée ou une confusion de faits impardonnable qu'évidemment la presse lui reprochait durement. Ainsi pouvait-il répondre aux journalistes qu'ils se focalisaient sur des points de détail pour ne pas parler du fond – laissant croire ainsi qu'il y en avait.

*

Une critique. Elle trouvait les livres de l'intellectuel « supérieurs » à ceux de tel philosophe, parce que l'intellectuel citait beaucoup de philosophes alors que le philosophe ne citait aucun intellectuel.

*

Un intellectuel. Il bénissait le ciel d'être bel homme, parce que c'était un argument tout trouvé contre les critiques – la jalousie.

*

Le monde à l'envers. Dans la charte déontologique de ce prestigieux journal, cette clause : « Aucun journaliste n'écrira de compte rendu sur les livres des auteurs qu'il ne connaît pas personnellement. »

*

Citation. « Il y a quelque chose de terrible dans ces existences de province où rien ne paraît changer, où tout conserve le même aspect, quelles que soient les profondes modifications de l'âme. Rien ne s'aperçoit au-dehors de l'angoisse, de l'espoir et de l'amour, et le cœur bat mystérieusement jusqu'à la mort sans qu'on ait osé une fois cueillir les géraniums le vendredi au lieu du samedi ou faire le tour de la ville à onze heures du matin plutôt qu'à cinq heures du soir. » (Julien Green, *Adrienne Mesurat.*)

*

Bibliophilie. Une rareté : *Le Jean-Jacques*, d'Émile Rousseau.

*

Le monde à l'envers. Les Anglais célèbrent le droit d'eux-mêmes à disposer des peuples. (D'après Morand.)

*

Un intellectuel. « J'aurai essuyé toutes les insultes, supporté toutes les jalousies, marché contre tous les vents », lançait-il en prélevant dans la masse des papiers louangeurs un articulet de trois cents mots dont l'auteur éreintait prudemment son livre.

*

La vie moderne. Comment n'a-t-on pas écrit d'autres *Disparitions*, alors qu'il est si facile en faisant sauter une touche du clavier de s'interdire une lettre de l'alphabet ?

*

Écrivains. C'était un énorme roman moderne sans ponctuation, dont l'auteur par plaisanterie avait appelé l'héroïne Virgule.

*

Le monde à l'envers. Le conducteur baisse sa vitre, fouille dans sa boîte à gants et en tire un alcootest qu'il tend aimablement au gendarme qui l'a arrêté. Il le prie de souffler dans l'embout. Le gendarme s'exécute : test négatif. Il restitue l'engin au conducteur et lui souhaite une bonne journée.

*

Le monde à l'envers. « Des aphorismes qui, retournés, ont également un sens. » (Paul Morand.)

*

Le monde à l'envers. Concessionnaire et client en discussion dans l'habitacle. « Tout à fait, Monsieur : ce superbe autoradio est équipé d'une voiture dernier cri, celle-là même où nous sommes assis. »

*

Titres. *Thérèse Desqueyroux* (Mauriac). *Adrienne Mesurat* (Green). *Colette Baudoche* (Barrès). *Romaine Mirmault* (Régnier). *Germinie Lacerteux* et *Manette Salomon* (les Goncourt). *Clémence Picot* (Jauffret).

*

Le monde à l'envers. La marquise de Lur-Saluces et Mme de Blionne au goûter. La marquise, classiquement : « Un peu de thé dans votre sucre ? »

*

La vie moderne. Ce système de téléguidage par satellite ne m'emmène jamais où je veux. Mais je l'utilise quand même, ayant toujours trouvé de l'intérêt aux détours qu'il m'indique.

*

Carnet rose. Du vagin coule une pâte blanche que l'accoucheur recueille précieusement dans une bassine. Puis, quand après avoir raclé le fond il s'est assuré que tout y est, il enfourne à 200° et laisse cuire pendant six heures, sous l'œil bouleversé des parents impatients. Une odeur de chair fraîche et de savon envahit la pièce ; en fin de cuisson, l'accoucheur par plaisanterie feint d'enfoncer la pointe d'un couteau dans l'enfant pour vérifier qu'il est prêt. On rit.

*

Lecteurs. Sarcastiques, ils avaient inventé un prix littéraire auquel ils donnèrent le nom de l'intellectuel, et dont le règlement stipulait qu'il serait décerné chaque automne à l'un des nombreux livres de l'intellectuel parus dans l'année.

*

Écrivains. Le nouveau roman de ce brillant auteur de polars reprend la même chute éblouissante que le précédent. Les lecteurs sont déçus, le livre est un échec. « Je ne comprends pas, se désole-t-il : cela a si bien marché la dernière fois ! »

*

Littérature. Il avait organisé ses étagères par pays : littérature russe, grecque, française, américaine, etc. Je fus surpris de découvrir qu'il avait aussi un très beau rayon d'apatrides.

*

Le monde à l'envers. Faisant l'amour à une très jolie femme, il pensait intensément à sa masturbation de la semaine dernière.

*

Spectacles. Ce soir, au pré derrière le cimetière, grand concert de cloches alpestres, par le troupeau de M. Grimond.

*

Le monde à l'envers. Au crépuscule, il ouvrait tous les rideaux. « Déjà qu'on n'y voit presque plus, si en plus les rideaux sont tirés ! »

*

Le monde à l'envers. « J'apprends que le gouvernement estime que le peuple a "trahi la confiance du régime" et "devra travailler dur pour regagner la confiance des autorités". À ce stade, ne serait-il plus simple de dissoudre le peuple et d'en élire un autre ? » (Bertolt Brecht, 1953.)

*

Lecteurs. Il avait décidé de passer dix heures par jour dans cette bibliothèque et d'y lire tous les livres, pour y recenser les preuves de l'existence de Dieu. Et il comptait bien que Dieu lui donnerait vie jusqu'à cent trente ans pour réaliser ce projet – ce serait la preuve ultime.

*

Justice. Au quartier VIP de la prison de M***, les peignoirs fournis aux détenus pour leur douche sont brodés du sigle de l'administration pénitentiaire.

*

La vie moderne. Le coût des télécommunications interstellaires ayant beaucoup baissé, les centraux téléphoniques chargés d'assister les clients désemparés sont à présent délocalisés dans une autre galaxie, où la main-d'œuvre est moins chère.

*

Le monde à l'envers. Un klaxon retentit dans le hameau. « C'est le boulanger ! » s'exclame ma logeuse. Et de courir dans sa cuisine, où elle s'empare d'un pain qu'elle a cuit la veille. Je la suis devant l'église, où stationne l'artisan ; tous les habitants sont là, qui contre un peu d'argent lui donnent des pains dont il garnit son fourgon avant de saluer la compagnie et de filer dans le hameau voisin.

*

Justice. « Aujourd'hui encore en Angleterre, le boucher n'est pas admis à être juré, parce qu'on le suppose prédisposé par son métier à donner la mort et à voir souffrir avec plus d'indifférence qu'un autre. » (Marcel Jouhandeau.)

*

Henris. Régnier. Calet. Troyat. Barbusse. Pourrat. Quéffelec. Bosco. Thomas. Vincenot. Béraud.

*

Henrys. Montherlant. Monfreid. Bauchau. Miller. Murger. James. Thoreau. Bataille. Bordeaux.

*

Le monde à l'envers. À son entrée dans le restaurant, tous les clients se précipitent sur le marchand de fleurs pakistanais pour lui acheter sa marchandise.

*

Citation. « Même s'il entend que l'on transporte des seaux d'eau, que domestiques et autres poussent des cris d'horreur, un homme sensé ne bougera que lorsque la fumée atteindra la pièce où il se trouve. » (Theodore Francis Powys.)

*

Caractères. Défilé bruyant dans la rue. « Pourquoi manifestent-ils ? – Contre la peine de mort, pour des conditions de vie décente et pour la hausse des salaires. – Mais comment peuvent-ils s'intéresser à *ça* ? »

*

Le monde à l'envers. « Chez moi, je suis comme à l'hôtel. » (Olga Tokarczuk.)

*

Le monde à l'envers. Une brigade de jeunes voyous patrouille calmement à l'intérieur du commissariat.

*

Citation. « Genette est si souvent cité qu'on lit ses ouvrages dans ceux des autres. » (Jean-Paul Aron.)

*

Orthographe. Pierre Jean Jouve (sans tiret). Remy de Gourmont (sans accent). Valery Larbaud (sans accent).

*

La vie moderne. Satisfaction de l'organisateur après cette immense parade bariolée dans la ville. « Au plus fort de la fête, il y avait cent vingt mille personnes ; tout le monde était heureux, les jeunes, les parents avec leurs enfants ; nous avons fait découvrir au public des artistes innovants et nous n'avons à déplorer que six morts à cause d'une bousculade. »

*

Écrivains. Ses premiers livres furent des enquêtes anthropologiques chez les Indiens (*Peuples du Brésil*, 1954 ; *Croyances et mariages chez les Yanomanis*, 1960). Puis il s'intéressa aux coutumes tauromachiques en Espagne (*Brindis et Bronca. Rapports du matador au public dans une arène de Séville*, 1972), aux mœurs paysannes en Auvergne (*Un anthropologue au Puy-de-Dôme*, 1977), aux réseaux de riches à Paris (*Eux*, 1984 ; *Sociologie des rallyes*, 1986), à la vie commerçante de son quartier (*Un an à Saint-Eustache*, 1990), aux rapports de voisinage dans son immeuble (*Du rez-de-chaussée au dernier étage. Sociologie de la vie urbaine*, 1993) et enfin au couple en prenant le sien pour exemple (*Vivre à deux. Un défi moderne*, 1996). « Je reviens de loin », disait-il à propos de ce rétrécissement.

*

Caractères. Au milieu des bibelots et dentelles, je découvre chez cette vieille dame respectable l'affiche punaisée au mur d'un concert de hard rock satanique, signée par les musiciens. Je me tourne vers elle estomaqué ; elle me fait un clin d'œil, ravie.

*

La vie moderne. Nouvelle attraction à Proustland, parc d'attractions à C*** : à côté de la serre de catleyas, l'atelier de confection de madeleines.

*

Le monde à l'envers. « La jeunesse est un naufrage. » (Philippe Muray.)

*

Lecteurs. Ayant entendu cet écrivain dire avec des accents pathétiques qu'il mourrait s'il était empêché d'écrire, il l'enleva et le séquestra durant trois semaines pour démontrer expérimentalement qu'écrire était bien chez lui une nécessité vitale. Échec : l'écrivain se contenta de perdre six kilos. Mais sitôt libéré, il écrivit un livre pour raconter son calvaire.

*

Caractères. Il disait : « Le monde est une blague dont j'attends la chute. »

*

Le monde à l'envers. Nouvelle émission à la radio : un Français moyen est invité, et toutes sortes d'hommes politiques l'appellent au téléphone pour lui demander ce qu'il pense de ceci ou cela.

*

Répliques. « Pour donner une idée des violences de Nimier dans l'outrage, je rappellerai sa réponse à une revue qui demandait : que pensez-vous de François Mauriac ? Nimier envoya une page blanche qui fut imprimée telle quelle. » (Éric Ollivier, cité par Jean-Luc Barré.)

*

Un intellectuel. D'un ennemi de l'intellectuel : « L'intellectuel a traité B*** de fasciste. – Et alors ? Il fait ça tout le temps. – Oui. Mais l'incroyable, c'est que cette fois c'est vrai. »

*

Lecteurs. « C'est une histoire cousue de fil blanc », dit-il en s'esclaffant, un livre tout couturé de fil blanc à la main. « Et il m'a coûté cher ! » : il pose la facturette du libraire sur la table, et secoue la salière au-dessus. Et ainsi de suite, pendant tout le repas.

*

La vie moderne. L'usage du chapeau se raréfiant, la plupart des hommes se décalottent aujourd'hui le crâne lorsqu'ils croisent une dame, en leur lançant un sourire aimable.

*

Armands. Lanoux. Salacrou. Hoog. Pontmartin. Farrachi. Robin. Gatti. Toupet. Silvestre. Lunel.

*

La vie moderne. Critère d'excellence du service public : en cas de grève, on nous dit *avec la plus grande précision* quels sont les trains supprimés.

*

Répliques. « Renouvin, avant-guerre, était avocat d'Action française. Il fut indigné par Munich, et lorsque Pierre-Étienne Flandin, ancien président du Conseil, envoya un télégramme de félicitations aux quatre acteurs de la triste rencontre, dont Hitler, cela lui parut intolérable. Le 11 janvier 1938, il se trouvait à l'Arc de Triomphe lorsque Flandin vint rendre hommage au soldat inconnu. Quand il repartit, Renouvin l'accosta, lui demanda s'il était bien l'auteur du télégramme et, sur sa réponse affirmative, le gifla. (Il était un des rares à pouvoir le faire, en raison de sa taille. Ils étaient tous les deux très grands.) » (Léo Hamon.)

*

Le monde à l'envers. Dans un amphithéâtre bondé, cinq cents étudiants parlent à voix haute dans un brouhaha terrifiant cependant que le professeur muet à son bureau les écoute, s'instruit et prend des notes.

*

Mot d'esprit. Degas au peintre Albert Besnard, qui apparemment pillait les impressionnistes : « Besnard, vous volez de nos propres ailes. »

*

Caractères. Il ne disait jamais « une connaissance », « un ami » ou « un collègue », mais : « un contemporain ». Comme s'il n'avait rien à voir avec eux que d'habiter la même époque ; ou comme s'il parlait de lui au passé, à la façon d'un historien.

*

Le monde à l'envers. Un politologue : « La France, ce vieux pays catholique, ne voterait jamais pour un candidat qui n'est pas divorcé. »

*

La vie moderne. Affable et attentif, ce gouvernement habile veillait à infliger de temps à autre à son peuple un projet de réforme impopulaire, comblant le besoin congénital de ce dernier de descendre périodiquement dans la rue pour contester quelque chose.

*

Uchronie. Les combattants du Pharaon sur leurs chars approchent de Pi-Hahiroth où campe le peuple d'Israël, rassemblé autour de Moïse. On lit dans l'Exode : « Les enfants d'Israël levèrent les yeux, et voici, les Égyptiens étaient en marche derrière eux. Et les enfants d'Israël eurent une grande frayeur, et crièrent à l'Éternel. Ils dirent à Moïse : "N'y avait-il pas des sépulcres en Égypte, sans qu'il fût besoin de nous mener mourir au désert ? Que nous as-tu fait en nous faisant sortir d'Égypte ?" Moïse répondit au peuple : "Ne craignez rien, restez en place, et regardez la délivrance que l'Éternel va vous accorder en ce jour ; car les Égyptiens que vous voyez aujourd'hui, vous ne les verrez plus jamais." » Moïse alors étendit sa main vers la mer et désigna le *Sea Princess* qui mouillait là, l'équipage souriant, attendant qu'Israël monte à bord.

*

La vie moderne. Une réunion d'élèves à la sortie d'un lycée, vers dix-huit heures. Ils ont des gobelets en plastique, des raviers de cacahuètes, ils trinquent au mousseux. « Que fêtez-vous ? demande un passant. – Mon départ à la retraite », répond celui des lycéens qui a l'air le plus jeune.

*

Le monde à l'envers. Si le corps du défunt est en trop bon état, on le confie à un thanatopracteur qui lui donne la laideur effroyable attendue d'un cadavre.

*

La vie moderne. Cette fabrique familiale de napperons en dentelle, ruinée en cinq ans par la vogue des téléviseurs à écran plat. Car où poser les napperons, désormais ?

*

Lecteurs. Mon émotion quand, recevant à la bibliothèque cet ouvrage du XVIIe siècle commandé au magasin, je découvris que les pages n'étaient pas coupées ! Quatre siècles qu'il attendait d'être lu ! Alors je le renvoyai au magasin sans le couper moi non plus, songeant à mon successeur qui peut-être, dans quatre autres siècles, m'imiterait.

*

Citation. « Je fais mes œuvres comme le pommier ses pommes : le pommier ne s'inquiète pas si ses pommes tombées seront ramassées ni, si elles le sont, de quelle façon le cuisinier les accommodera. » (Montherlant, d'après Goethe.)

*

Écrivains. Enragé, il écrivit en une nuit un pamphlet d'une incroyable férocité. Soulagé, il employa ensuite trois mois à le corriger pour adoucir ses formulations.

*

Géographie. Curiosité : cet immense pays de quatre millions de mètres carrés possède deux îles minuscules non loin de ses côtes et, sur l'une des deux, on a construit la capitale.

*

Le monde à l'envers. Cinquantième anniversaire de la mort du libérateur. Nos contemporains se disputent pour savoir lequel, parce qu'il bafoue le mieux son héritage, est le plus qualifié pour aller fleurir sa tombe.

*

Invitations. Mme de Manissart et Mme de Langarderie se haïssaient mais, pour des raisons compliquées, ne manquaient jamais de s'inviter mutuellement à leurs soirées. Aussi, peu après avoir reçu une carte de Mme de Manissart : « Mme de Manissart vous prie de bien vouloir assister à la soirée qu'elle donnera le tant à telle heure, chez elle, avenue de Saint-Cloud... », on recevait toujours une carte de Mme de Langarderie : « Mme de Langarderie vous prie de bien vouloir assister au scandale qu'elle fera le tant à telle heure, chez Mme de Manissart, avenue de Saint-Cloud... »

*

Éducation. Recommandations de l'administration du lycée pour le trousseau des internes, envoyée aux parents avant la rentrée. « Draps (deux jeux). Alèse. Pantoufles. Pyjamas. Trousse de toilette. Pièges à souris. »

*

Le monde à l'envers. Dans la presse. « De plus en plus d'usagers se plaignent des avances répétées des trains qu'ils empruntent. "On se prépare à arriver à telle heure et on s'y retrouve dix ou vingt minutes plus tôt, confie un voyageur en colère. C'est insupportable, on doit se réorganiser en permanence." Contacté par notre journal, Didier R***, directeur des relations avec la clientèle, confesse qu'il y a des difficultés d'acheminement dans certains secteurs, mais il assure que l'entreprise fait tout pour améliorer la situation. "Nous avons mis en place des procédures de régulation qui devraient éliminer le problème à moyen terme, affirme-t-il. D'ici six à huit mois, nous nous engageons à ce que 80 à 90 % de nos trains arrivent sans aucune avance à destination. Selon nos prévisions, 10 % environ devraient même arriver légèrement en retard." »

*

La vie moderne. Ce célèbre institut organise un sondage sur un échantillon représentatif de neuf cent un Français pour connaître leur opinion sur le sens de la vie.

*

Caractères. Il disait : « Ce n'est pas parce que je vis à votre époque que nous sommes contemporains. »

*

Le monde à l'envers. Devant le cadavre fumant de son ennemi : « Tuer fume. »

*

La vie moderne. Alors, remettant les vidéos à leur place pour en choisir d'autres, il remarqua que le rayon pornographique était surmonté d'un écriteau : « Jeunesse ».

*

Caractères. Au docteur qui lui demandait « s'il prenait de l'exercice », ce vieillard répondit en bombant le torse : « Une fois par semaine » – espérant être compris.

*

Saynète. « Qui enterre-t-on ? » demande ce passant à la vue d'un cortège. On lui donne un nom. Alors il tressaille et pâlit, pâlit…

*

Caractères. On annonçait qu'une météorite frapperait la Terre dans cent ans, en détruisant tout. « Cent ans ! » se lamentait-il. On le croyait désespéré pour les générations à venir, alors que c'était lui qu'il plaignait de rater l'événement.

*

Écrivains. Sortant d'un salon du livre pour la jeunesse, il disait : « Moi, j'écris pour la vieillesse. »

*

Un intellectuel. Aux journalistes qui l'interrogent sur sa façon de travailler, il répond : « Nous commençons par lire beaucoup, nous annotons énormément, etc., puis nous allons sur place, où sont censés avoir vécu les personnages… » On croit qu'il emploie le nous par modestie, alors qu'il avoue sans s'en rendre compte qu'il a des prête-plumes.

*

Piques. Barbey d'Aurevilly à l'écrivain Eugène Manuel, qui était tout petit, et qui sortait d'un café en laissant son crayon sur la table : « Monsieur Manuel, vous oubliez votre canne ! » (André Billy.)

*

Écrivains. Frappé peut-être par l'*Histoire du quarante et unième fauteuil de l'Académie française* d'Arsène Houssaye (notices sur les grands qui n'en ont pas fait partie – Molière, Diderot, Chénier, Balzac, etc. – avec des discours de réception imaginaires), il avait rédigé un dictionnaire de la littérature française où il ne s'intéressait qu'au statut d'académicien, ou de non-académicien, des écrivains. Rien sur les œuvres, rien sur la vie en dehors des tentatives académiques. Exemple : « Leconte de Lisle (1818-1894). Élu en 1886 au fauteuil de Victor Hugo, après deux tentatives infructueuses – la deuxième en 1869, où il n'obtient au dernier tour que la voix de celui-ci. Il aurait dit : "Hugo a voté pour moi, je suis élu et ne me représenterai plus." » Ou : « André Breton (1896-1966). Poète surréaliste. Il ne fut pas académicien. » Etc., six cents pages ainsi.

*

Piques. Un journal, annonçant la mort du sculpteur Guillaume : « La mort de l'éminent sculpteur et académicien Guillaume attristera profondément tous ceux qui le savaient encore de ce monde. » (André Billy.)

*

Le monde à l'envers. Combien il était génial et grand, on le mesure au fait que depuis sa mort il n'a eu *aucune* rue à son nom, *aucune* statue nulle part, rien.

*

Écrivains. (Dans ce registre, Edmond de Goncourt refuse de souscrire à l'élévation d'une statue pour Balzac, trouvant bien – logique, même – qu'un génie comme lui n'en ait pas, « en ce temps de statuomanie à l'aveuglette. »)

*

Pastiches. *Le Parnassiculet contemporain* (Gabriel Vicaire et Henri Beauclair). *Les Déliquescences* (Adoré Floupette). *Dernier roman* (Margarine Peugeot).

*

Un littérateur. Accusé de plagiat pour une biographie qu'il publiait, il protestait : « J'ai beaucoup travaillé » – entendant par là qu'il avait bel et bien lu méticuleusement les biographes devanciers qu'il avait démarqués.

*

Un écrivain. Quel fainéant ! Si fainéant que pour écrire ses mémoires, il a plagié ses biographes !

*

Le monde à l'envers. Vers onze heures quarante-cinq, ils sortent par centaines des restaurants où ils ont passé la matinée, et vont travailler pendant une heure. Ils reviennent vers treize heures, treize heures trente, et recommencent à bâfrer jusqu'au moment de rentrer chez soi.

*

Un littérateur. « Il a signé plus de quarante livres. » (Signé seulement.)

*

Messieurs. Teste. Ouine. Godeau. D'Amercœur (Régnier). Songe (Pinget). Du Paur

(Toulet). Paul (Calet). Caméléon (Malaparte). De Phocas (Lorrain). Vénus (Rachilde). Parent (Maupassant). Zéro (Morand). La Souris (Simenon). Gallet (décédé, *idem*). Pain (Bolaño). Dick (Ohl). Nicolas (Restif de La Bretonne). Barnett (Anouilh). Stark (Girard).

*

Pique. « À une femme, qui avait l'air d'un perroquet et qui bavardait intarissablement avec un fort accent étranger, laquelle lui avait demandé, dans un salon, sans aucun sentiment des nuances : "Monsieur de Régnier, voulez-vous regarder par la fenêtre et me dire si ma voiture est là ?" il avait répondu, après avoir obéi – et d'une voix forte et comme impersonnelle – : "La cage de Madame est avancée !" » (Edmond Jaloux.)

*

Arts. On venait de repeindre son appartement. Il distingue une mouche au coin d'une plinthe, se baisse et déchiffre l'inscription minuscule : « Picasso ».

*

Tourisme. À moitié ivre, il rentra chez lui et, passant devant le Manneken-Pis, il s'interrogea si l'étrange parabole du jet était une hallucination due à l'alcool ou l'effet surnaturel d'un phénomène masculin.

*

Politique. « Prière de laisser l'État dans les toilettes où vous l'avez trouvé. » (Slogan anarchiste.)

*

Citation. « Toutes les réalités demain, que seraient-elles en comparaison du mirage que nous venons de vivre ? » (Villiers de L'Isle-Adam.)

*

Onomastique. Félix-Henri Michel, Albert Meynard, Edmond Jaloux, Théodore Lascaris, Gabriel Ancey, Francis de Miomandre et d'autres jeunes poètes provençaux se lancent vers 1900 dans l'écriture en commun d'un roman fantaisiste intitulé *Z*, parodie du roman policier *X* de Tristan Bernard, Georges Auriol et Willy qui triomphe alors. « Le principal personnage de cette œuvre, se souvient Jaloux, s'appelait M. Heaulx. Nous lui avons donné ce nom par un goût extrême du classicisme, car c'est celui qui déplace le minimum de sons avec le maximum de lettres. »

*

Records. La soutenance de thèse la plus longue de l'histoire des facultés a commencé le 16 avril 1988 à dix heures trente du matin, et dure encore.

*

Accessoires. « Quand deux individus se rencontrent et se croisent, leur instinct les ruerait l'un contre l'autre, sans le dérivatif merveilleux qui consiste à soulever son chapeau pour laisser s'échapper, comme de la fente d'un couvercle, les fumées de leur haine mutuelle. » (Mallarmé, rapporté par Régnier.)

*

Citation. « Je l'ai tué parce que j'étais sûr que personne ne me voyait. » (Max Aub.)

*

Le monde à l'envers. Énième colloque d'archéologues sur les techniques mystérieuses employées par les Égyptiens pour construire leurs pyramides sur la pointe.

*

La vie moderne. Après avoir généralisé les caisses automatiques où les clients passent eux-mêmes leurs achats devant le lecteur de code-barres, cette chaîne de grandes surfaces a inventé un système où le client assure lui-même la mise en rayon des denrées et le nettoyage hebdomadaire du magasin.

*

La vie moderne. On appelle livre de poche un livre trop grand ou trop épais pour entrer dans une poche.

*

Titres. *Le Feu* (Barbusse). *Le Feu* (D'Annunzio). *Le Feu* (Nin). *Feux* (Yourcenar). *Feu de braise* (Mandiargues). *Feu de joie* (Aragon). *Les Filles du feu* (Nerval). *Feu pâle* (Nabokov). *Les Feux du matin* (Troyat). *Avec le feu* (Barrucand). *La Part du feu* (Blanchot). *La Guerre du feu* (Rosny aîné). *Le Feu de Dieu* (Bordage). *Le Feu au lac* (Benoziglio). Record : *Tous les feux le feu* (Cortázar).

*

Caractères. Il n'a jamais su qu'il était tatoué dans le dos.

*

Le monde à l'envers. Alors, loyal, il renonça solennellement à tous ses devoirs.

*

Journalisme. Reportage sur des suicidés, avec interviews. « Pour rien au monde nous ne reviendrions sur ce choix de vie », disent-ils.

*

Logique. « Pourquoi des chaises ? Considérez que l'homme a été fait avant les meubles. Il a donc été fait pour s'asseoir par terre. » (Flann O'Brien.)

*

Critique musicale. « M. Paderewski a donné une interprétation pleine de musicalité des pièces ci-dessus, et a montré qu'il jouait avec une égale facilité sur les touches noires et sur les blanches. » (Flann O'Brien.)

*

Le grammairien. On ne « tire pas les conséquences » : on assume les conséquences, on tire les conclusions. (Dans un courrier des lecteurs.)

*

Caractère. Observant une photo de sa ville depuis le ciel, il désigne le cimetière : « J'habite là. »

*

Le monde à l'envers. La Cour constitutionnelle, institution prestigieuse entre toutes, veille à ce que chaque loi votée par les chambres viole correctement les droits que garantit la Constitution.

*

Le monde à l'envers. Réprobation unanime contre ce footballeur vedette qui ne se drogue pas, est fidèle à sa femme et roule en berline milieu de gamme.

*

Histoire. Chevigny, près de Dijon, fut en 496 le premier village à couper son raccordement à l'électricité. Toutes les villes de France l'imitèrent peu à peu jusqu'au milieu du VIe siècle, après quoi commence officiellement le Moyen Âge.

*

Opinions. L'humeur change aussi souvent que la réalité est inerte, lente, incapable de répondre à nos envies du moment. Preuve que le monde matériel n'est décidément pas fait pour l'homme.

*

Caractères. Il disait : « Si peu de personnes me connaissent, au regard des milliards qui peuplent cette Terre, qu'il n'est pas utile que je me suicide : je ne peinerai presque personne. »

*

Philosophie. L'existence du futur se justifie par notre incapacité à nous satisfaire de notre sort – toujours plus, toujours mieux, et ailleurs.

*

Uchronie. Or, pour une raison inconnue, l'étincelle n'a pas jailli du silex manipulé par l'homme qui aurait dû inventer le feu.

*

Faits divers. X % des hommes meurent à moins de quinze kilomètres de l'endroit où ils sont nés. Dans ce registre, une coïncidence étonnante : A est mort à H***, à l'endroit très précis où était né B, mort le même jour à la même heure à V***, à l'endroit très précis où était né A. À notre connaissance, A et B ne se sont jamais rencontrés.

*

Uchronie. Gavrilo Princip, croyant l'archiduc mort dans l'explosion de la bombe lancée par son complice Čabrinović, se rend guilleret dans une boulangerie pour acheter un sandwich. Gourmand, il fait ajouter des ingrédients ; la vendeuse s'exécute, mais pas assez vite pour lui permettre de revenir à temps sur le pont latin et y voir passer la voiture de l'archiduc sain et sauf, en route pour l'hôpital où il veut visiter les victimes de la bombe.

*

Historiette. Il marchait lentement et tête baissée, scrutant le sol, comme s'il cherchait ses clefs. « Vous avez perdu quelque chose ? » demandai-je. – Oui, la vie », répondit-il. Et je vis alors dans ses yeux vides qu'il était mort.

*

La vie moderne. Pour 15 % de supplément sur le loyer, cette agence immobilière offrait à ses locataires la garantie d'une fenêtre en vis-à-vis derrière laquelle une femme de moins de quarante ans se déshabillerait et se rhabillerait deux fois par jour pendant toute la durée du bail.

*

La vie moderne. Obsolescence programmée : de nombreux éditeurs publient de nos jours des romans programmés pour n'être plus lisibles après deux relectures, et obliger ainsi leur propriétaire à en acquérir un nouveau – comme par hasard, l'auteur vient toujours de sortir son dernier à ce moment précis.

*

Le monde à l'envers. Une mer avec vue sur appartements.

*

La vie moderne. Dans cette cabine d'ascenseur ultramoderne, la touche *Random* vous transporte à un étage sélectionné au hasard par la machine.

*

Citation. « Il a un tel sentiment de la justice que cela ressemble à de l'envie. » (Henri de Régnier.)

*

Sports. La pétanque japonaise a les mêmes règles que la nôtre, mais chaque joueur lance quarante-neuf boules au lieu de trois. Les pauvres compétiteurs traînent avec eux trente kilos de métal dans d'énormes sacs en toile renforcée, les parties durent en moyenne deux heures et s'achèvent dans l'illisibilité la plus totale.

*

Sports. Disparue aujourd'hui, la pétanque inversée consistait à propulser sa boule le plus loin possible d'un cochonnet situé à quelques mètres devant le cercle de lancer. Par souci de simplicité, on a finalement supprimé le cochonnet. Ainsi naquit le lancer de poids.

*

Arts. On expose ces jours-ci quelques tableaux de ce peintre célèbre, qui ne pouvait s'empêcher d'ajouter de la fumée aux cheminées des maisons qu'il peignait – y compris dans ses paysages les plus estivaux, avec arbres feuillus et soleil resplendissant.

*

Écrivains. Il avait adopté comme pseudonyme : « Abélard Aba », songeant qu'au moins les maniaques qui attaquent la littérature par ordre alphabétique commenceraient par lui.

*

La vie moderne. Le conseil municipal de cette petite ville avait décidé par dérision de rebaptiser « rue de Tchernobyl » la longue allée menant à la centrale.

*

Le monde à l'envers. Dès qu'elles sont réglées, les femmes sont à la merci de grossesses intempestives que seul peut empêcher le sperme masculin, le plus puissant contraceptif. Alors, jour après jour, les adolescentes et les jeunes femmes se donnent consciencieusement à des messieurs, jusqu'à ce qu'enfin le temps leur semble venu de donner la vie ; elles interrompent alors cette activité sexuelle préventive pour laisser la nature aller à son terme.

*

Dialogue. Elle : « Je ne sais pas quoi choisir, décide pour moi. » Lui : « Prends une boule de glace à la vanille, une au citron, une à l'ananas. » Elle (après avoir hoché affirmativement la tête, puis contemplé de nouveau la carte) : « Je peux avoir pêche, au lieu d'ananas ? »

*

Le monde à l'envers. Sur les mille milliards qui peuplaient la Terre aux origines, les deux tiers n'ont pas eu d'enfants. Les milliards suivants ont imité leurs parents, et ainsi de suite. Ainsi notre monde se dépeuple-t-il de siècle en siècle, en sorte que bientôt s'accomplira la prophétie – ne subsisteront qu'Adam et sa femme Ève, couple de vieillards perdus dans le Jardin d'Éden dévasté par des générations d'ancêtres.

*

Suicides manqués. Saint-Simon. « Le 9 mars 1823, il se tira un coup de pistolet. L'œil fut perdu, mais le cerveau ne fut pas atteint et, après quinze jours, le malade était guéri. » (Durkheim.)

*

La vie moderne. Les nourrissons d'aujourd'hui naissent tous avec trois yeux, qu'il faut d'après la médecine réduire à deux. Aussi les parents choisissent-ils avant la naissance, en même temps que le prénom du petit, celui de ses yeux qu'ils feront crever par la sage-femme après qu'elle aura coupé le cordon ombilical.

*

Littérature. Deux biographies littéraires viennent de paraître, sur deux personnages énigmatiques des lettres françaises de la fin du XIXe siècle. Le premier, Alexandre Pergamini, a publié entre 1885 et 1900 une douzaine de recueils de poèmes et d'étranges récits oniriques sous divers pseudonymes, car il était en même temps un affairiste louche (revendeur de cuivre, trafiquant de devises, importateur de bijoux) pourchassé par la police et plusieurs fois emprisonné. Sa trace se perd vers 1904 (il a trente-cinq ans), et on ne sait rien de ce qu'il devient par la suite. Le second, Nicolas

Vauchelier-Lapouze, banquier et navigateur, a publié à la même époque une série de plaquettes aujourd'hui prisées par les bibliophiles, mélanges de prose et de vers, avec des collages et des dessins qui préfigurent certains procédés des artistes du siècle suivant. Lui aussi publiait sous pseudonyme, pour des raisons diverses dont la principale était son goût de la mystification. L'étrange, dans ces biographies, c'est leur conclusion. Selon l'auteur de la première, l'historien Jean-Maurice Hubertois, Pergamini est en fait un écrivain imaginaire inventé par Nicolas Vauchelier-Lapouze. Pour l'auteur de la seconde, l'académicien Jean-Geoffroy Grandin, c'est Vauchelier-Lapouze qui est un pseudonyme de Pergamini. Depuis, les débats font rage pour savoir lequel est une invention de l'autre. Certains disent qu'ils sont en fait deux créatures d'un troisième écrivain. Pour ma part, je me demande si Grandin et Hubertois n'ont pas raison tous les deux et si nos héros ne se sont pas engendrés l'un l'autre dans un monde de papier dont nous ne comprenons pas les règles.

*

Écrivains. Dumas, toujours surpris par le peu de place qu'occupent les choses matérielles dans la vie de Vigny : « Personne de nous ne l'a jamais surpris à table. »

*

Caractères. En tout, il voulait être le premier à faire comme tout le monde.

*

La vie moderne. Comme ce candidat à l'élection n'avait aucun dossier d'agression sexuelle contre lui, pas de viol ni de soupçon de harcèlement, rien, les conseillers de son adversaire décidèrent de porter leurs attaques sur sa compétence.

*

Citation. Résultat d'un duel, dans un roman d'Henri de Régnier : « Ils furent tous deux convenablement blessés. »

*

Métaphysique. On dit : « Je vis. » Mais en vérité non : il faudrait dire « je meurs », puisque dès le premier jour, le premier souffle, commence la marche à la mort, inexorable. Objectivement, donc, chacun est présentement occupé à mourir. « Que faites-vous ? – Je meurs. »

*

Caractères. Le meurtre lui était toujours apparu un acte absurde. « Si on a une arme à la main, allons ! C'est contre soi qu'on la retourne. »

*

Le monde à l'envers. Un historien : « Ce qu'on oublie souvent de dire quand on parle du Grand Siècle, c'est combien cette époque fut marquée par un souci de l'hygiène révoltant, à tel point que nos contemporains n'y auraient pas tenu deux jours. Du sol au plafond et des pieds à la tête, immeubles et corps étaient briqués, désinfectés, désodorisés, astiqués à n'en plus finir. Sous les robes et les collerettes, des peaux propres et nettes ; dents saines dans les bouches, brossées quatre fois par jour, et des lingettes parfumées pour les lavements intimes. Mais la crasse, la puanteur, les infections qui nous sont chères, hors de quoi nous n'imaginons pas vivre ? Rien ! Le touriste moderne serait choqué qui, ramené par magie à Versailles au temps du Roi Soleil, ne sentirait rien nulle part qui gênât sa narine, ni ne verrait de poux dans les perruques, ni ne trouverait derrière les rideaux ce que nous, modernes, avons pour habitude d'y cacher. »

*

Le monde à l'envers. Comme elles sont disgracieuses, ces piécettes fichées dans les mâchoires de nos petits, et qui tombent quand ils atteignent six ou sept ans ! On les cache sous l'oreiller et une souris passe la nuit qui les échange contre de bonnes dents d'adulte bien blanches et solides, à renfoncer dans les trous.

*

Le monde à l'envers. Sur tous les murs, de superbes fresques colorées, gigantesques, étalées du sol au plafond. Et, dans des cadres suspendus ici et là, de beaux rectangles de peinture monochrome ou de papier peint, exposés comme des œuvres d'art.

*

Musées. À sa naissance, son père avait acheté un terrain sur lequel il fit construire un bâtiment immense. Ce serait le musée de sa vie. Jour après jour, il le photographia, le filma, le peignit ; il enregistra ses premiers mots, conserva ses dessins, ses vêtements, ses jouets. Il entreposait ce matériel dans le musée : une salle par année, remplie à ras bord. Quand il mourut, on ouvrit son testament ; il léguait tout à son fils, à condition que celui-ci continue son œuvre – non pas en filmant, photographiant et peignant à son tour son propre fils, mais en se filmant, se photographiant et se peignant lui-même, en collectionnant les objets et souvenirs de sa propre vie, pour les exposer dans le musée. Et le musée délirant de l'amour paternel devint un musée de l'orgueil et de la mégalomanie.

*

Politique. Régime répressif : tout ce qui n'est pas interdit est autorisé. Régime préventif : tout ce qui n'a pas été autorisé est interdit. Régime totalitaire : tout ce qui n'est pas interdit est obligatoire.

*

Caractères. Il avait en rentrant de vacances un serrement du cœur atroce, presque insoutenable, parce qu'il repensait aux moments qui avaient précédé son départ, où il avait été si heureux. Cette chambre : il y avait passé sa dernière nuit, une semaine et demie plus tôt ; ces reliefs d'un repas pris avant de sauter dans le train, ces volets qu'il avait laissés clos et ce livre de travail, qu'il avait posé en songeant qu'il le reprendrait au retour... Une nostalgie terrible le tenait pendant un jour ou deux, et il se disait qu'il connaissait dans ces moments la véritable douleur de vivre et de sentir le passage du temps.

*

Écrivains. L'un avait écrit, en six ans, un livre intitulé *Dix mille raisons de vivre à la campagne*. L'autre, son ennemi juré, entreprit aussitôt de lui répondre par des *Raisons de vivre à la ville*, qui compteraient au moins dix mille et une entrées. Mais il mourut au bout de douze ans après n'en avoir imaginé que neuf mille cinq. Victoire de la campagne.

*

Écrivains. Les textes de celui-ci étaient hermétiques. Sublimes, mais incompréhensibles. Et avec cela, très longs – des volumes entiers, interminables. Les exégèses de celui-ci par celui-là étaient en revanche courtes, puissantes, profondes, saisissantes. On les citait, on en tirait des aphorismes, des paragraphes époustouflants de clarté, de vérité. On n'a ainsi jamais lu et compris l'un que par l'autre, avec la gêne amusée d'avoir à créditer le premier de lumières qui, sans le second, seraient demeurées illisibles, et de ne devoir tenir le second que pour une sorte de traducteur, au rôle simplement dérivé.

*

La vie moderne. Les supermarchés ouvrent désormais toute la journée du dimanche. « Mieux que la messe, qui ne nous occupait que le matin », se réjouissent les foules.

*

La vie moderne. Il disait : « Il faut qu'ils ne soient plus rien que des porte-monnaie vivants, qu'ils n'appartiennent à aucune communauté que la clientèle mondiale, que rien ne les empêche d'être sept jours sur sept des consommateurs. Leurs habitudes, leurs traditions, ce qui occupe leur temps sans qu'ils dépensent, il faut le couper, l'anéantir. » Et l'autre répondait, opinant du chef et se frottant les mains : « Ou alors, le détourner. Recréer ces traditions, qu'ils croiront n'avoir pas perdues ; ce ne seront plus les leurs, naturelles, improductives, mais celles, artificielles et fructueuses, que nous aurons récrites pour eux. Ils croiront vivre comme avant, mais ils dépenseront et consommeront en même temps, sans y penser. » Et le premier reprenait, tout sourire : « Les communautés concurrentes, nous les aurons avalées. Et ils ne verront pas la différence. »

*

La vie moderne. À sa descente d'avion, avant d'embrasser le tarmac, ce pape ultramoderne rallume son portable et consulte ses mails.

*

La vie moderne. Tableau célèbre de Charles Le Brun : *Louis XIV et la cour en tenue légère, courant dans les allées du jardin à Versailles* (*Footing royal*).

*

La vie moderne. Tocqueville ressuscité contemple le monde et marmonne : « Je vous l'avais bien dit. »

*

Historiette. Il a su ce matin au réveil qu'il mourrait ce mardi, et cette pensée ne l'a pas quitté de la journée. Mais il est à présent 23 h 57 et il rentre chez lui par une ruelle sombre, fourbu et déçu d'être encore vivant. À moins que cette ombre, là-bas…

*

La vie moderne. Contradiction de notre civilisation, insoutenable à long terme : toujours plus d'obèses à cause de l'alimentation industrielle, mais agglutinés dans des villes plus peuplées et où les appartements sont plus petits. « À terme, notait ce sociologue, le couloir moyen dans l'immeuble moyen sera trop étroit pour l'individu moyen, et le système atteindra son point d'implosion. »

*

La vie moderne. Une rigole était creusée dans les planchers des wagons de métro, pour recueillir les larmes des passagers solitaires qui, de temps en temps, éclataient en sanglots sans raison, avant de se reprendre et de descendre sous l'œil indifférent de leurs semblables.

*

Écrivains. Ce jeune écrivain à succès venait de publier un roman destiné à un large public, en lice pour tous les prix littéraires. Deux mois durant, il enchaîna les interviews et les apparitions à la télévision, débitant les mêmes phrases apprises par cœur, assaisonnées de blagues bien rodées. Comme je le saluais en coulisses, il me montra l'athlète qui l'accompagnait partout, en jogging et baskets, et me le présenta comme son « préparateur physique ».

*

Promenades. *Dans Rome* (Stendhal). *Dans un parc* (Louis Calaferte). *Au phare* (Woolf). *Sous les arbres* (Jaccottet). *Autour d'un village* (Sand). *Africaines* (Moravia). *Étrusques* (D.H. Lawrence). *Françaises* (Johanna Schopenhauer). *La Promenade* (Walser). *Promenade* (Jauffret).

*

Sciences. Ce grand chercheur en sciences sociales avait découvert la méthode parfaite, dont les résultats coïncidaient systématiquement avec ses préjugés.

*

Écrivains. Il se forçait à écrire tous les jours, n'importe quoi, pour ne pas laisser passer la chance de faire un chef-d'œuvre par accident.

*

Saynète. Voyant que je regardais ses bouchons d'oreille, mon voisin murmura : « C'est par le bruit qu'ils nous vaincront. – Qui donc ? demandai-je. – Mais les barbares, cher Monsieur. Les barbares ! »

*

Le monde à l'envers. Chaque fin de trimestre, l'instituteur rentrait chez lui la peur au ventre, songeant à ce que dirait sa femme après avoir lu les appréciations portées par ses élèves sur les bulletins que le directeur de l'école envoyait à son domicile.

*

Historiette. Alors de grands trous apparurent subitement dans le sol, avalant ceux qui se trouvaient là. On prit l'habitude de les contourner, et d'en voir se former de nouveaux tous les jours, où les gens tombaient par centaines. Certains, épouvantés, sortaient le moins possible ; d'autres pensaient qu'une vie meilleure les attendait au fond des trous, et battaient le pavé dans l'espoir d'être engloutis.

*

La vie moderne. Né en 2036 et mort en 2099, Morris H. est le premier homme dans l'histoire à n'avoir jamais rien vu, touché ni senti quoi que ce soit qui fût naturel de toute sa vie.

*

Le monde à l'envers. Héroïsme de ce jeune homme qui, tout en se suicidant dans la Seine, a réussi par ses gesticulations à entraîner avec lui l'imbécile qui tentait de le sauver.

*

Citation. « Or, inutile de se leurrer, cette imposture ne cessera que le jour où on nous aura délivrés de l'absurde angoisse du questionnement. » (Louis Calaferte.)

*

Citation. « Abandonnons-nous aux caprices de l'incertitude ; nous savons bien que nous ne faisons rien d'autre que traverser plus ou moins péniblement les couches successives d'un gigantesque rêve dont nous sommes les figurants hasardeux. » (Louis Calaferte.)

*

Politique. Parution ce jour du très attendu décret annuel sur les sujets ouverts à la plaisanterie.

*

Uchronie. Paris, 5334 : de nombreux sociologues et historiens s'interrogent si, vu la poussée inattendue du catholicisme dans les banlieues, la France ne serait pas en train de perdre ses racines musulmanes.

*

La vie moderne. Il y a devant *La Joconde* une foule compacte et immobile qui empêche de voir le tableau. Aussi le tourisme au fil des ans a-t-il changé d'objet : au lieu d'admirer *La Joconde*, c'est les dos de la foule qu'on contemple avec passion, et dont on rapporte une photo chez soi.

*

La vie moderne. Pistes de ski à Dubaï, où il fait 50 °C. Plage à Paris, où il n'y a pas la mer.

*

Bibliophilie. Une curiosité : *Les Capitales*, guide touristique par Charles Marx, 1861.

*

La vie moderne. Le journaliste de l'an 2045, à l'écrivain qui se réclame de l'ancienne école et des vieilles manières, contre la modernité : « Alors comme ça, je suppose que vous écrivez toujours à l'ordinateur ? »

*

Le monde à l'envers. Aux tables de cette bibliothèque publique, cent personnes hurlent dans leur téléphone portable, se couvrant les unes les autres. Dans l'entrée, à l'écart, un garçon lit en silence.

*

Un caractère. On se méfiait de lui, parce qu'il n'était pas tendre avec les civilisations étrangères. Mais il protestait qu'on le comprenait mal : « Ce que je critique le plus durement chez elles, c'est surtout leur propension à imiter ce que la nôtre a de pire. »

*

Histoire. Énième purge en Russie, en 1936. Aragon jubile, dans la chambre de Gide à Moscou, et dit des accusés : « Oui, leurs femmes, leurs enfants même, refusent d'aller les voir dans leurs cellules. » (Rapporté par Pierre Herbart.)

*

Histoire. Génie de la bureaucratie russe. Pierre Herbart, en Russie (1935-1936), se voit ordonner d'écrire un article pour soutenir une loi scélérate qui étend aux enfants les peines applicables aux adultes, sans considération d'âge. Herbart hésite, demande conseil à Isaac Babel. Babel répond : « Même si vous écriviez cet article, ils ne le publieraient pas. Ils l'annoteraient, le classeraient : "À telle date, le camarade Herbart soulignait déjà l'excellence du nouveau Code pénal soviétique." Ou bien : "Le camarade Herbart avait tenu à défendre cette loi que le parti tout entier a dénoncée depuis comme contre-révolutionnaire." » (*La ligne de force.*)

*

Historiette. Il y avait un homme capable de dire en étudiant le visage de ses interlocuteurs combien de temps il leur restait à vivre. Il en avait fait un commerce, et recevait chaque jour une trentaine de clients voulant s'informer de la date de leur mort, et venant parfois de loin. « De temps en temps, expliquait-il, je découvre avec étonnement qu'ils vont mourir le jour même. Dans la soirée, parfois même dans dix minutes ! En repartant de chez moi, sur l'autoroute, ils auront un accident. Ou bien une poutre leur tombera sur la figure depuis le cinquième étage de mon immeuble, qui est en travaux. C'est d'un comique navrant. S'ils n'étaient pas venus, ils seraient morts des années plus tard. Mais, ayant voulu connaître le jour de leur mort, ils l'ont avancé sans le vouloir. »

*

Un intellectuel. Charitable, il avait donné à ce clochard venu sonner chez lui un repas chaud et un lit pour la nuit, en plaidant personnellement son cas auprès d'un voisin qui possédait gazinière et chambre d'amis.

*

Un philosophe. « L'Union a donné la paix à l'Europe, entends-je souvent. Non : la paix en Europe a permis l'Union. »

*

Politique. Sur l'idée que de Gaulle et Mitterrand furent deux monarques républicains, il disait : « Oui, parce qu'ils avaient chacun un attribut monarchique : l'un la grandeur, l'autre la cour. »

*

Le monde à l'envers. De plus en plus de vacanciers s'inquiètent de trouver les plages dépourvues d'algues vertes à leur arrivée sur les côtes.

*

Citation. « Il faudra bientôt construire des cloîtres rigoureusement isolés, où ni les ondes ni les feuilles n'entreront ; dans lesquels l'ignorance de toute politique sera préservée et cultivée. On y méprisera la vitesse, le nombre, les effets de masse, de surprise, de contraste, de répétition, de nouveauté et de crédulité. C'est là qu'à certains jours on ira, à travers les grilles, considérer quelques spécimens d'*hommes libres.* » (Valéry, 1898.)

*

Citation. « La cohue des rues est déjà, à elle seule, quelque chose de répugnant, qui révolte la nature humaine. Ces centaines de milliers de personnes, de tous états et de toutes classes, qui se pressent et se bousculent, ne sont-elles pas toutes des hommes possédant les mêmes qualités et capacités et le même intérêt dans la quête du bonheur ? Et ne doivent-elles pas, finalement, quêter ce bonheur par les mêmes moyens et procédés ? Et pourtant, ces gens se croisent en courant, comme s'ils n'avaient rien de commun, rien à faire ensemble, et pourtant, la seule convention entre eux est l'accord tacite selon lequel chacun tient le trottoir sur sa droite, afin que les deux courants de la foule qui se croisent ne se fassent pas mutuellement obstacle ; et pourtant, il ne vient à l'esprit de personne d'accorder à autrui, ne fût-ce qu'un regard. » (Engels, cité par Michéa.)

*

Caractères. Il avait rencontré un homme qui, dans ses discours et opinions, n'était jamais contradictoire. Tout dans sa bouche était ordonné, explicable, chaque proposition reliée aux autres. Et, en l'écoutant, il s'était rendu compte que c'était inhumain, si bien rodé qu'on n'y croyait pas.

*

La vie moderne. Un palace parisien ferme pour deux ans : rénovation complète. « Vous comprenez, m'explique le directeur, c'était loin d'être assez laid pour notre nouvelle clientèle internationale. »

*

Le monde à l'envers. Demain, il fera nuit.

*

Citation. Devise pour un écrivain : « Il faut publier comme si on était compris, comme si on était aimé, et comme si on était mort. » (Montherlant, évidemment.)

*

Historiette. Une nouvelle. Deux hommes qui ne se connaissent pas découvrent avec horreur qu'ils ne sont plus maîtres de leur corps : gestes absurdes, mouvements incontrôlables, etc. Ils se retrouvent dans un hôpital et les médecins comprennent l'origine du problème : leurs cerveaux sont intervertis. Le cerveau de A, tout en recevant les informations de ses propres yeux, contrôle le corps de B ; le cerveau de B, tout en recevant les informations de ses propres yeux, contrôle le corps de A. En attendant de ramener la situation à la normale, les médecins recommandent à A et B de ne plus se quitter et de se regarder mutuellement sans cesse : chacun sera le marionnettiste de l'autre.

*

Citation. « La Terre est ronde parce que Dieu l'observe depuis son œil-de-bœuf. » (Éric Chevillard.)

*

Caractères. Il va dans un magasin d'outillage et commande une serpette, une binette et un émondoir *invisibles*. « C'est pour cultiver mon jardin secret », précise-t-il en souriant.

*

Le monde à l'envers. Drame dans cette famille bourgeoise, où le fils cadet vient de révéler à ses parents qu'il est hétérosexuel, et qu'il compte se mettre en ménage avec une femme.

*

Le monde à l'envers. Ce n'est qu'à partir des années 1960, sous l'effet de l'évolution des mœurs, que s'est généralisée en France la non-mixité dans les écoles. On sourit aujourd'hui quand on voit, aux frontons d'un vieux bâtiment, l'inscription en capitales : « ÉCOLE MIXTE ».

*

Écrivains. Il voulait répliquer aux *Vies imaginaires* de Schwob par un recueil de *Morts imaginaires*, mais Michel Schneider l'avait déjà fait. Alors, il écrivit des *Résurrections imaginaires*.

*

Littérature. Un ouvrage bien malcommode : *Les Ouvriers européens* de Frédéric Le Play (1852), recueil de trente-six monographies de famille, étape importante pour la jeune science sociologique. 52 × 36 centimètres, 5 kg. Un adversaire politique, l'économiste Roger de Fontenay, note : « Vous connaissez le volume, sans doute. Ouvert, il a trois pieds d'envergure ; pour le lire, ce n'est pas un pupitre qu'il faut, c'est un lutrin de cathédrale. »

*

Un philosophe. Il affirmait qu'on décompte mal le temps, vu que l'histoire n'est pas un progrès mais une décadence. Au lieu d'ajouter les années, il faudrait donc établir un compte à rebours. « Le problème est que nous ignorons quand tout ce cirque est censé finir, en sorte qu'on ne sait pas où fixer le zéro final. »

*

Historiette. On découvre sur un mur une inscription hostile au tyran. Entrant dans une colère noire, celui-ci ordonne qu'on ravage la ville jusqu'à trouver le coupable : perquisitions, emprisonnements, torture, terreur, etc. Au bout d'un mois, il fait fusiller cinquante innocents par jour, et annonce qu'il continuera jusqu'à ce que l'auteur se dénonce. Alors, dévoré par la culpabilité, ce dernier se rend. On l'amène au tyran, occupé à déguster un homard. Le tyran lève la tête et sourit : « Va, je te pardonne. »

*

Caractères. Il assumait sa radinerie, expliquant qu'elle était une manière de chercher ses jouissances dans un autre ordre que l'ordre matériel.

*

Littérature. Un roman qui s'intitulerait : *Le Politburo.*

*

Caractères. Elle refusait de payer plus cher pour voyager en première classe, puisque de toute façon les wagons de première ne vont pas plus vite. (D'après Antoine Piazza.)

*

Littérature. Une collection littéraire qui ne publierait que des livres inachevés : *Bouvard et Pécuchet*, *The Watsons*, *L'Homme sans qualités*, etc. Elle s'arrêterait en cours de route, aux deux tiers environ de son programme de publication.

*

La vie moderne. Comme ils avaient proposé de nous promener, je revêtis mes habits de forêt, des bottes, un manteau sale. Mais ils redescendirent en habit de ville, avec des chaussures vernies. Ils m'expliquèrent alors que pour eux, une promenade consistait à déambuler dans les rues commerçantes ou à visiter une galerie marchande.

*

Le monde à l'envers. « J'ai dû m'endormir en sursaut. » (Gaston Lagaffe.)

*

Historiette. « Un trait de la courtoisie comme de la simplicité de mœurs des gens d'autrefois me revient en souvenir d'enfance. Un de ces vieux messieurs, M. de Signé – qui a laissé son hôtel et son nom à une rue de Laon – était arrivé en visite un dimanche pendant la grand-messe. Il n'avait trouvé à la maison que ma grand-mère, qui s'était empressée de lui offrir un rafraîchissement. Connaissant mal sa cave, elle lui servit en matière de vin d'Espagne un verre d'huile qu'il avala très courtoisement. » (René de La Tour du Pin.)

*

Épitaphe. « Il laisse plus d'un million d'euros sur son compte en banque. »

*

Historiette. « On a parlé, au siècle dernier, de cet Anglais qui se pendit parce qu'il lui fallait s'habiller et se déshabiller tous les jours. » (Montherlant.)

*

Caractères. « Il s'est suicidé par surprise. »

*

Histoire. Un chercheur affirme que *Le Capital* et *La Lutte des classes en France* ont été inspirés à Engels par un certain Karl Marx, jeune journaliste que le philosophe aurait pris sous son aile à Paris vers 1844. Protestations des engelsiens, qui crient au blasphème.

*

Uchronie. Ulcérés que leurs revendications salariales soient si mal entendues, les pilotes de ligne américains décident, le 9 septembre 2001, de mener à partir du lendemain une grève féroce et reconductible, qui durera le temps qu'il faudra.

*

Caractères. Il disait, au volant d'un bolide : « Mes voitures sont allemandes, mais ma conduite est française. »

*

Écrivains. Après cinquante ans de vie littéraire et autant d'œuvres publiées, il disait : « Je cherche un repreneur. »

*

Le monde à l'envers. Ses deux enfants étant morts en bas âge, ce couple fut placé à l'orphelinat.

*

Écrivains. Il se contentait, par flemme, de récrire les livres d'autrui, en inversant simplement les données de l'intrigue. On lui doit *Le Pantin et la Femme* (1971), *Paix et guerre* (1973), *La Mer et le Vieil Homme* (1977), *Les Choses et les Mots* (1980), ainsi qu'un scénario de film, *Le Prisonnier et la Vache* (1981).

*

Définitions. « Voisin ». Voisin du dessus : pachyderme hyperactif dont l'occupation principale consiste à jeter des objets par terre et à bouger ses meubles la nuit. Voisin du dessous : variété de singe hurleur, friand de musiques violentes et spécialiste de la perceuse.

*

Historiette. Sur leur table de chevet, ils avaient tous un pistolet. Le soir, couchés, ils appliquaient le canon contre leur tempe et se faisaient sauter la cervelle. Le lendemain ils se levaient, comme si de rien n'était – le trou dans leur tête se résorbait durant la matinée. Ils appelaient cela « dormir ». Sans pistolet, insomnie.

*

Écrivains. José Maria de Heredia par Fernand Gregh. « Il avait une force et un charme : il voyait tout en beau. Brunetière racontait que, lui ayant fait visiter son nouvel appartement, rue Balzac, sans cesser de s'exclamer sur la beauté ou la commodité de chaque pièce, Heredia avait, pour finir, ouvert avec majesté un panneau dans l'antichambre en disant avec son bégaiement héroïque : "Et ici, un superbe ppppp... placard." »

*

Le monde à l'envers. Un voyageur tombe gravement malade. Le contrôleur fait le tour des voitures pour trouver quelqu'un qui ne soit ni médecin ni infirmier, mais hélas tous les passagers révèlent en secouant la tête leur appartenance au corps médical, et leur incompétence subséquente à secourir le malade.

*

Historiette. Devant l'interphone, je constate que tous les habitants de l'immeuble s'appellent Dumont. J'en choisis un au hasard, et je tombe par miracle sur celui que je cherchais. « Oui, me dit-il après que je suis monté chez lui, notre immeuble est celui des Dumont. En face, ce sont les Montand, et à côté, les Beauchesne. » Et ainsi de suite partout dans la ville, comme je m'en rendrai compte par la suite.

*

Le monde à l'envers. L'enseigne annonce : « Déshumaniseur ». J'entre. Derrière le comptoir, un énorme rat me salue.

*

Dialogue. (Devant un immeuble moderne.) A. : « Parqués dans des clapiers, et gavés de marchandises : quelle différence avec des lapins d'élevage ? » B. : « Les lapins n'ont pas de *smartphones* pour s'appeler d'un clapier à l'autre. »

*

Dialogue. L'infirmière : « Combien mesurez-vous ? » Son patient, embarrassé : « Avec ou sans la tête ? »

*

Histoire. Le Génois Cristoforo Colombo, cherchant une route vers les Indes, découvrit en 1492 l'escalier qui, au bout de l'Atlantique, donne accès à l'Amérique, un niveau au-dessus du nôtre. Et l'on sait depuis que la Terre n'est pas ronde, mais étagée.

*

Le monde à l'envers. Qui a dit : « L'acte surréaliste le plus simple consiste, poings nus, à descendre dans la rue et à se faire tirer dessus au hasard, tant qu'on peut, par la foule » ?

*

Le monde à l'envers. Chaque nuit, des habitants patrouillent pour surprendre les voyous qui, avec leurs rouleaux à peinture, recouvrent de couches monochromes les belles inscriptions ordurières sur les murs du quartier.

*

Le monde à l'envers. Ce célèbre tableau de Courbet, entièrement noir, s'intitule : *La Destination du monde.*

*

Le monde à l'envers. Salon du livre à A***. Toute la journée, des centaines d'écrivains défilent devant des inconnus attablés et, d'une voix timide, leur demandent quel dernier livre ils ont lu.

*

Le monde à l'envers. De 1885 à 1910 environ, la Belgique fut une possession personnelle de Simon Kimbangu, chef coutumier du Congo.

*

Littérature. Sujet de nouvelle. Partout des gens croient se connaître, alors que non. Dans la rue, les bistrots, le métro, on se croise, et on est certain de s'être déjà vu. Mais où ?

*

Citation. « Le plus surprenant dans le spectacle que nous nous offrons à nous-mêmes, c'est qu'il nous étonne si peu. » (Bertrand de Jouvenel.)

*

Littérature. Écrire un Code civil à l'envers. « Tout fait quelconque de l'homme qui cause à autrui un dommage oblige celui par la faute duquel il est arrivé à l'aggraver. »

*

Littérature. Deux nouvelles. 1° À un homme, il pousse des andouillers. Maux de crâne atroces, bosses, bois. Il court la campagne pour oublier sa douleur, et se fait tirer dessus par un chasseur. 2° À sa femme, il pousse des cornes. Maux de crâne atroces, bosses, ivoire. On la trouve dans son jardin, qui broute et mugit.

*

Le monde à l'envers. En prenant de l'âge, les vieillards se souviennent plus précisément de tout, ont des souvenirs plus nets et des réflexes plus rapides. Comme ils regrettent alors la langueur de leur jeunesse, quand tout sortait de leur esprit et qu'ils procédaient avec lenteur et maladresse !

*

Saynète. Ils brandissaient leur journal quotidien – le seul à paraître dans la région – en disant : « C'est écrit ! C'est écrit ! » Ils prenaient apparemment pour argent comptant tout ce qu'ils lisaient, et se conformaient humblement aux injonctions des journalistes. J'achetai un exemplaire, intrigué. Le journal s'intitulait : *La Bible.*

*

Le monde à l'envers. « Prendre, au moins à titre d'essai, le contre-pied de toutes les affirmations qui m'étaient proposées, intervertir en toute chose la cause et l'effet, le principe et la conséquence, la substance et l'accident. » (René Daumal.)

*

Historiette. Il arriva à l'auberge à sept heures, épuisé par un long voyage, et s'étonna d'être le premier client. Avisant l'ardoise où l'on annonçait pour ce soir un « excellent ragoût », il demanda si la viande serait tendre. L'aubergiste prit son couteau et répondit : « Ça dépend de vous... »

*

Écrivains. Henri de Régnier, à propos d'un article sur Vigny qu'il vient d'achever : « Je n'ai guère dit que la moitié de ce que j'aurais voulu dire. C'est déjà beaucoup si je me compare à Bonnières qui a dû cesser un roman parce qu'il y exprimait le contraire de ce qu'il voulait. » (lettre à Pierre Louÿs.)

*

Littérature. Plaisanterie de libraire, en fin de journée : « Vous avez des nouvelles de

Tchekhov ? – Mais, cher Monsieur : il est mort. » (cité par Pierre Assouline.)

*

Caractères. Ayant appris qu'un coït sur douze ou treize seulement débouche sur une fécondation, il trouvait que non, vraiment, ça ne valait pas la peine, et ne comprenait pas la fureur ambiante de copuler, compte tenu des chances dérisoires d'aboutir.

*

Citation. « Je ne sais où nous allons, je ne comprends pas l'*utilité* de ce que nous faisons. Tout me semble vain, et faux, sauf quelques peintures, quelques pages de musique, et quelques poèmes. » (Julien Green, 8 octobre 1931.)

*

Citation. « Si nous pouvions nous passer d'argent et avoir tous les avantages que l'argent donne nous jouirions bien mieux de ces avantages qu'avec les richesses, puisque nous les aurions séparés des vices qui les empoisonnent et que l'argent amène avec lui. » (Rousseau.)

*

Le monde à l'envers. Voici une peuplade qui, par un tour mystérieux de l'évolution, a développé une mémoire auditive infaillible – ses membres se souviennent de ce qu'on leur a dit au mot près, et n'oublient jamais. Aussi, ils préfèrent les contrats verbaux car chez eux les écrits passent, alors que les paroles restent.

*

Saynète. Un homme somnole sur un banc. Soudain on voit son corps qui se dédouble, un sosie fantomatique s'extirpe de son corps jusqu'à s'en séparer tout à fait. Le spectre libéré fait quelques pas autour du banc, regarde au loin, s'étire un moment ; puis il retourne dans le premier corps en s'y fondant comme dans du beurre. La tête avant de fusionner se tourne vers un spectateur ébahi et lance : « Je reviens à moi. »

*

Saynète. Dans le train, sur la tablette entre nous, il dépose trois petits objets gluants et roses, qu'il récupère au terminus après avoir dormi tout le trajet. « Je reprends mes esprits », murmure-t-il.

*

Écrivains. Vingt ans durant il écrivit des livres cyniques où il célébrait la mort et annonçait son suicide. Puis on lui découvrit un cancer. Il le combattit avec courage, endurant tous les traitements, avec l'ardent désir de guérir.

*

Le monde à l'envers. « Je me suis fait une déraison. » (Georges Perros.)

*

Le monde à l'envers. Comme toujours, la presse proteste quand entre dans telle prestigieuse collection littéraire un écrivain consensuel, qui n'a rien prôné d'immoral ni collaboré avec l'Allemagne.

*

Historiette. Une nouvelle. Chaque jour des centaines de gens se rendent à l'usine, et pourtant personne ne sait ce qu'il fait là, ni à quoi elle sert. Les ouvriers serrent les boulons qu'on leur livre, les comptables comptent, les dirigeants dirigent, mais nul n'a la moindre idée de ce qu'ensemble ils fabriquent, pour le compte de qui et depuis quand. Chacun se tait et joue la comédie, terrifié à l'idée de soulever le lièvre et qu'alors tout s'arrête.

*

Caractères. Il y avait un homme nommé Lachaise qui était amoureux fou de deux femmes, et ses amis disaient : « Lachaise entre deux culs. »

*

Un intellectuel. Il disait : « Le secret, voyez-vous, c'est de proférer une banalité depuis longtemps connue avec l'air de celui qui a découvert l'eau chaude. Vous seriez surpris de voir que ça marche à tous les coups. »

*

Littérature. Idée de roman : *Le Journal officiel*. Une intrigue entièrement racontée sous forme de lois, décrets, arrêtés, circulaires et instructions à travers lesquels se liraient la vie du pays et les péripéties de personnages variés (nominations à des postes, démissions, augmentation d'impôts suite aux crises, etc.).

*

Littérature. Idée de livre : *Récits de voyage*. Dix récits d'expéditions en Afrique, en Chine ou au Pérou, entièrement inventés, de l'aveu de l'auteur ; mais celui-ci précise chaque fois que, pour obtenir le dépaysement nécessaire à l'invention, il s'est installé dans divers endroits plus ou moins proches de chez lui, et qu'il a donc voyagé un peu quand même. Son voyage en Chine fut ainsi fait à Meudon, dans une auberge ; son voyage au Gabon à Dieppe, chez sa tante ; son voyage chez les Mongols à Nice, dans un hôtel, etc. Et il titre : *Voyage au Gabon, à Dieppe*, *Voyage en Chine, à Meudon*, et ainsi de suite.

*

La vie moderne. Campagne électorale. Tel candidat pense qu'il faut relocaliser notre production sur Terre, et cesser d'importer des marchandises produites sur des planètes à bas coût ; il appelle son projet la « dégalaxisation ». Son adversaire invoque les théories libérales pour défendre l'univers galaxisé, et nie qu'il y ait des victimes de la galaxisation. « La galaxisation est une chance pour notre économie. »

*

Saynète. Un riche banquier passe devant un mendiant assis par terre, en sifflotant, comme s'il ne le voyait pas. Un passant soupire : « C'est le capital qui se fout de la charité. »

*

Le monde à l'envers. « Quand un chien court après vous, sifflez-le. » (Thoreau.)

*

Citation. « Au fond l'argent n'est pas la richesse, il n'en est que le signe ; ce n'est pas le signe qu'il faut multiplier, mais la chose représentée. » (Rousseau.)

*

Art. Équiper d'une balise les passagers d'un TGV du soir à destination de Paris. À l'arrivée, activer les balises et suivre leurs déplacements sur une carte. Peu à peu ils se dispersent : métros, taxis, bus, etc. À la fin, ils ne bougent plus – chacun est rentré chez soi. Intituler : *Mouvements excentriques depuis une gare*.

*

Uchronie. « Alors, c'est une révolution ? » demande le roi. Mais Liancourt, qui sait bien que l'agitation va retomber vite, répond d'une voix rassurante : « Non, Sire, c'est une révolte. »

*

Écrivains. Il apporte à son éditeur le manuscrit enfin terminé de son roman *Histoire d'un bègue*, en trois tomes. « Est-il nécessaire que ce soit si long ? s'inquiète l'éditeur. – Oui : il y a des dialogues. »

*

Fantômes. Il y avait à Montmartre, au troisième étage du 75 bis de la rue d'Orchampt, un excellent spectre nommé Dutilleul qui possédait le don singulier de ne pas passer à travers les murs sans en être incommodé.

*

Fantômes. Il dormait en célibataire dans un lit double acheté d'occasion, et tous les matins il trouvait sur le matelas près de lui la trace chaude et l'odeur d'un corps, celui sans doute de l'ancienne propriétaire décédée qui l'y rejoignait chaque soir après qu'il s'était endormi.

*

Fantômes. Assis au dernier rang, il assistait bras croisés à la conférence pontifiante d'un prétendu spécialiste des fantômes, lequel n'y connaissait évidemment rien puisque, en dépit de sa science, il n'en avait jamais vu. À chaque phrase de ce cuistre notre homme soupirait donc, secouait la tête, ricanait, le trouvant gonflé, tout de même. Finalement, il se leva en disant : « Venez, vous autres » – et de partir trotte-menu, aussi seul qu'il était arrivé.

*

Fantômes. Il avait acheté cette masure en ruine sur un coup de cœur mais, dès la première nuit qu'il y passa, il entendit des bruits de pas, des coups, des murmures, etc. La journée tout était calme ; vers minuit le cirque recommençait. Il crut d'abord à une farce, puis pensa qu'un clochard avait élu domicile dans le grenier ; mais lorsqu'il montait, torche à la main, rien. Il s'habitua et, au bout de trois semaines, il n'était plus gêné. Le trente et unième jour au matin, dans sa boîte aux lettres, il trouva un chèque accompagné d'une lettre manuscrite réclamant une quittance de loyer.

*

Fantômes. Or, ce que l'on ignore souvent, c'est que les fantômes ont beaucoup plus peur de nous que nous d'eux, et qu'ils nous fuient – ce qui explique qu'on ne les voit que très rarement, et que la plupart d'entre nous n'en connaîtront jamais.

*

Fantômes. Il y avait dans cette tribu amazonienne une coutume étrange, qui dictait ses déplacements dans la forêt : quand le nombre d'individus morts dans un village dépassait celui des vivants actuels, ces derniers partaient construire un autre village plus loin, laissant l'ancien aux fantômes devenus majoritaires.

*

Fantômes. Tous les soirs ils se massaient autour du passage à niveau, attendant fébrilement le train. Je me mêlais à eux, perplexe ; au bout d'une quinzaine de minutes, ils tournaient la tête tous ensemble, comme au passage silencieux d'un convoi invisible. Leur fichu train fantôme ne m'est jamais apparu, à moi, mais j'ai continué malgré tout d'aller le voir comme eux chaque soir, sans savoir s'ils jouaient la comédie ou s'ils étaient réellement en contact avec une sorte d'au-delà ferroviaire.

*

Fantômes. « Cent fantômes, disait-il, cent fantômes ! » Et de brandir un grand sac vide. « Cent fantômes ! Au prix de gros ! » Il souriait : « Un hectoplasme ! »

*

Fantômes. Chaque automne, ils décernaient le prix Fantôme à l'essai le plus inconsistant de l'année.

*

Fantômes. Les musiciens de jazz, notamment les pianistes, excellent à *suggérer* certaines notes qu'ils ne jouent pas – elles n'existent pas mais la combinaison des notes jouées fait croire à l'auditeur qu'il les entend. Ce sont les *ghost notes*. Or, le psychologue et cogniticien Arthur V. Clarke, de l'Université de Chicago, mélomane et saxophoniste de talent, vient de démontrer l'impensable. Voici : chaque amateur de jazz connaît le standard *You're My Kiss* ; sans être aussi célèbre que d'autres, c'est un thème fameux, qui nous évoque quelque chose à tous. Pourtant, à part les premières mesures, que chacun sifflotera sans difficulté, des variantes apparaissent dès qu'on s'aventure plus avant dans le morceau : certains croient que le début se répète simplement à l'octave supérieure, d'autres affirment connaître un pont qui s'avère différent à chaque fois, etc. Clarke a mené l'enquête. Sa recherche l'a conduit à une impasse invraisemblable. En effet, aussi loin qu'on remonte et quel que soit le titre qu'on donne à *You're My Kiss*, ce morceau n'a *jamais été composé par personne, ni joué par quiconque*. Il n'est écrit sur aucune partition, on n'en possède aucune trace enregistrée, nulle part ! « Je ne vois qu'une explication, affirme Clarke : ce thème s'est en quelque sorte auto-engendré dans la mémoire collective des amateurs de jazz, tous certains de l'avoir écouté mille fois alors qu'en réalité il n'a jamais été joué par personne. On *croit* l'avoir entendu, mais c'est une illusion, un mirage musical. » Ainsi est née l'expression *ghost song* ; et déjà des musicologues affirment avoir connaissance de phénomènes similaires dans diverses régions du monde, notamment en Russie et en Asie du Sud-Est.

*

Fantômes. « Le créateur connaît nécessairement toutes les propriétés de ses créatures, puisque ses créatures ne peuvent avoir d'autres propriétés que celles qu'il leur a données. » (Gödel, pour démontrer que les objets mathématiques, qui ont des propriétés que nous ne connaissons pas, n'ont pas été créés par nous et ont donc une réalité autonome.) Pourtant : un écrivain écrit un roman – sa création –, qui à la fin, si c'est un bon roman, dit plus et autre chose que ce qu'il avait cru y mettre, et qui est interprété par les lecteurs dans des sens qu'il n'avait pas prévus – il y découvre des propriétés qu'il n'y avait pas mises. On est donc devant un objet entièrement créé par le romancier, incontestablement, mais doué d'une vie autonome. Dilemme ! Explication : *il y a un fantôme* dans le roman, ou dans l'idée à la base du roman, qui fait échapper celui-ci à son créateur et le dote d'un contenu non délibéré. D'où cette définition de l'écrivain (en tout cas du bon) : l'écrivain = celui qui libère un fantôme.

*

Fantômes. Utopie : avant l'insémination, les parents du futur rempliront un questionnaire sur les qualités qu'ils souhaiteront pour leur progéniture, avec un système de crédits à répartir (impossible donc d'avoir un enfant qui ait *toutes* les qualités au niveau maximum, un génie – ou alors, il faudra payer très cher). Une option permettra de doter l'enfant de la capacité à « percevoir les fantômes » (*feel the ghosts*), mais rarissimes seront les parents qui la choisiront, en dépit de son coût modique (25 crédits, sur 10 000 disponibles). « Dommage », commenteront les opérateurs.

*

Écrivains. Il mourut avant d'avoir publié un seul des nombreux romans qu'il prétendait avoir en chantier. Ses amis composèrent pour lui cette épitaphe : « JEAN-JACQUES M., 1984-2012. Grand écrivain potentiel ».

*

Maurices. Barrès. Leblanc. Blanchot. Genevoix. Merleau-Ponty. Maeterlinck. Druon. Agulhon. Scève. Denuzière. Dekobra. Pons. Sachs. Martin du Gard. Carême. Nadeau.

*

Écrivains. « J'étais l'autre jour avec un magicien dans un dîner. On lui demande de faire un tour ; il s'exécute, on applaudit. Alors la maîtresse de maison se tourne vers moi et me demande d'écrire une page. Je rougis, bafouille, mais rien à faire : ils ne me fichèrent pas la paix qu'ils ne m'aient vu gratter pendant cinq minutes un bout de papier, et applaudirent pareillement quand j'eus fini. »

*

Faits divers. « Il fallait reconnaître à l'inspecteur le caractère innovant de ses méthodes. Il était prêt à utiliser tous les moyens, y compris les plus expérimentaux ou les moins attestés, pour obtenir des résultats ; et dans de nombreux cas, ses enquêtes s'étaient soldées par des succès spectaculaires. Il eut ainsi recours aux services du médium James Anatole pour recevoir des messages de l'assassin de Winslow Woods : cette approche fut d'abord tournée en dérision, mais lorsqu'il apparut qu'Anatole était informé de détails spécifiques connus seulement de la police, le mystère ne tarda pas à être élucidé : Anatole fut arrêté pour ces meurtres et, plus tard, condamné à la potence. » (Gary Dexter.)

*

Caractères. Ce photographe avait le génie d'être présent au moment des scènes les plus spectaculaires, catastrophes, accidents, incendies, *crashs* aériens, tremblements de terre ; ses photos le rendirent célèbre. Jamais il ne se demanda si les catastrophes n'arrivaient pas justement parce qu'il était sur place, et s'il ne portait pas la poisse partout où il se rendait.

*

Citation. « Avoir besoin d'un million, c'est un plaisir ; de cent mille francs, c'est une affaire ; de dix mille francs, une utilité ; de mille francs, un besoin ; de cent francs une nécessité et de dix francs, une torture. Mais avoir besoin de vingt sous, c'est se disputer soi-même à la mort. » (Maurice Sachs.)

*

Le monde à l'envers. Cette femme de ménage au huitième étage du palace déplore chaque matin l'incurie des clients qui négligent de voler les savons, les gels et les serviettes brodées qu'on dispose pour eux dans la salle d'eau.

*

Le monde à l'envers. Ils baptisaient chaque année la nouvelle cuvée de champagne en propulsant contre un magnum un gigantesque paquebot manipulé par des grues.

*

Le monde à l'envers. Beaucoup de trafiquants de drogue rejettent désormais la culture de l'excuse, qui consiste à pardonner aux sociologues les âneries qu'ils profèrent à leur sujet.

*

Littérature. Une série de nouvelles policières, façon Sherlock & Watson. Variantes. 1° Tous les crimes sont commis en secret par Watson, qui aiguillonne malicieusement Sherlock vers de fausses pistes. 2° Tous les crimes sont commis par Sherlock ; Watson est dans le secret.

*

Le monde à l'envers. Ce n'est que dans les années 1960 qu'on a cessé dans les écoles de contraindre les enfants droitiers à écrire de la main gauche.

*

Le monde à l'envers. Tout salaire mérite travail.

*

Citation. « Pour la philosophie de Sartre, il faut souhaiter qu'elle suscite quelques mémoires d'étudiants. La genèse des modes de production des paralogismes chez Sartre, la classification par genres, espèces et variétés des erreurs de raisonnement qu'on y trouve, conviennent admirablement à quiconque impètre un diplôme d'études supérieures de logique. » (Jules Monnerot.)

*

Le monde à l'envers. Je suis d'accord avec ce que vous dites, mais je me battrai jusqu'au bout pour qu'il vous soit interdit de le dire.

*

Le monde à l'envers. Les bouchers stockent la viande dans des chambres chaudes où elle se corrompt, se couvre de vermine et se met à puer, prenant ainsi sa valeur marchande.

*

Caractères. Il avait l'habitude, pour exprimer sa contrariété, de tomber dans le coma.

*

Coutumes. On se souhaite ici la bienvenue par un passage à tabac. Toute la famille tombe sur l'invité pour lui éclater la tête ; un visage tuméfié, des côtes cassées sont un signe qu'on a été bien accueilli. Rien n'égale le charme des lois de l'hospitalité dans ce pays.

*

Saynète. Les cris hystériques de la foule me firent croire à l'entrée sur scène d'un groupe de rock. C'était en fait le professeur Durier qui commençait son cours annuel d'introduction à la phénoménologie.

*

La vie moderne. Il découvrit en pénétrant dans sa cellule une femme allongée sur son lit. Stupéfait, il se tourna vers le gardien, qui lui conseilla de ne pas s'emballer. « Au début, les détenus trouvent ça formidable. On cause, on fait l'amour, on passe le temps. Mais au bout de quelques mois, on commence à vivre l'enfer conjugal, dans six mètres carrés. Libérés, beaucoup ne récidivent pas. »

*

Piques. « C'est le vide qui a horreur de la nature. » (Henri Béraud sur Gide, cité par Nimier.)

*

Citation. « On porte tous le même nom à quelques lettres près. » (François Caradec.)

*

Uchronie. 17 juin 1940. Un avion parti de Bordeaux à destination de Londres s'écrase dans la Manche après une panne de moteur. À son bord, un général britannique et un général français dissident, tués tous les deux.

*

Le monde à l'envers. Partout les puits de pétrole se remplissent par magie, les forêts s'étendent à grande vitesse, le minerai pousse comme du chiendent sous nos pieds, et malgré un taux de croissance mondiale annuel de 8 % nous n'arrivons à consommer qu'une partie minuscule de ces richesses. Bientôt nous devrons dire adieu au vieux rêve humain d'extinction de l'espèce par épuisement des ressources.

*

Le monde à l'envers. Un verre d'eau dans une tempête.

*

La vie moderne. L'intérêt moyen des informations est d'autant plus bas qu'il y a plus d'outils pour les mettre en circulation.

*

Art. Trouvant stupéfiants d'inventivité – et souvent plus intéressants – les cartouches explicatifs disposés auprès des œuvres contemporaines, cet artiste avait inversé l'ordre de priorité entre eux : au lieu d'une toile immense accompagnée d'un petit cartouche, il exposait des cartouches immenses accompagnés d'une petite toile. Vers la fin de sa vie, il laissa même tomber la toile, estimant que ses textes exégétiques « n'avaient pas besoin d'explication visuelle ».

*

Citation. « Toujours donc et à chaque pas, quand l'occasion se présente et même si elle se fait attendre, avec ou sans raison, il est bon de railler les jugements les plus répandus et d'énoncer des paradoxes. On verra plus tard ce qu'il faut en faire. » (Lev Chestov.)

*

Caractères. Quelqu'un lui demande s'il sait jouer du piano. Il répond : « Je n'en sais rien, je n'ai jamais essayé. Mais je vais voir. » (D'après Taine.)

*

Citation. « Un système nouveau d'institutions ne fonctionne que par un système nouveau d'habitudes, et décréter un système nouveau d'habitudes, c'est vouloir *bâtir une vieille maison.* » (Taine.)

*

Caractères. « Il était perdu dans vos pensées. » (Blondin au sujet d'Aymé.)

*

Le monde à l'envers. Dans les semaines suivant la mort les os se couvrent d'organes et de chair, en sorte qu'au bout de six mois ce n'est plus un beau squelette blanc qu'on déterre mais une horrible poupée rose et joufflue qui transpire et qui bave.

*

Littérature. Idée de roman : *Au royaume des aveugles.* L'action se passe dans une société d'aveugles congénitaux, où rien n'est prévu pour les voyants.

*

Pangrammes. Portez ce vieux whisky au juge blond qui fume. De Perec, sans *e* : portons dix bons whiskys à l'avocat goujat qui fumait au zoo. *The quick brown fox jumps over the lazy dog.*

*

Le monde à l'envers. La critique, impitoyable avec les premiers romans, devient plus indulgente à mesure que l'auteur est expérimenté.

*

Répliques. Whistler devant la justice anglaise, parce qu'on lui reproche de vendre ses tableaux trop cher. Le juge : « Combien de temps avez vous mis à faire cette toile ? » Whistler : « Une heure, peut-être deux. » Le juge : Et vous prétendez la vendre mille livres ? » Whistler : « J'ai mis une heure, Monsieur le Juge, à faire cette toile, mais j'ai mis quarante ans à apprendre à la faire en une heure. » (Rapporté par Henry de Paysac.)

*

La vie moderne. Il paraît que la Mort s'entraîne à faire moderne et qu'à présent, avant d'abattre sa faux, elle murmure à sa victime : « Merci pour votre compréhension. »

*

Le monde à l'envers. La Révolution, s'attaquant au système métrique, remplaça l'hideux découpage en mètres et centimètres par les pieds, toises et autres unités approximatives en usage aujourd'hui.

*

Citation. « Autrefois, j'avais entendu l'histoire d'un voyageur dont les enjambées du pied droit et du pied gauche avaient une différence d'à peine un pouce, et à cause de cela il avait parcouru le désert sans fin, en dessinant des cercles. » (Edogawa Ranpo.)

*

Citation. Un détenu ne comprend pas pourquoi on l'a emprisonné. « Il avait tué sa femme, oui. Mais justement, elle était morte, il ne risquait pas de recommencer. » (Jean Forton.)

*

Le monde à l'envers. « Le vol, c'est la propriété. » (Thomas Clerc.)

*

Le grammairien. Lu sur un menu de restaurant : « Entrée, plat, fromage, ou dessert ». Je crois à une faute de frappe, et qu'il faut lire : « Entrée, plat, fromage ou dessert ». Mais non : le serveur me confirme que si je prends le dessert, je n'aurai rien d'autre.

*

Citation. « Le progrès nous expédie des ascenseurs à tous les étages, nous relie aux usines du gaz et de l'électricité par des tuyaux et des fils, au monde entier par le téléphone, la radio et, bientôt, la télévision. En échange, il est normal que tout cela ne fonctionne pas très bien. » (Paul Guth.)

*

Citation. Critique, par Ferdinand Hérold, de la manie française des concours, colles et examens, avec ces questions pièges : « Monsieur, qui a dit quoi ? »

*

Uchronie. 1870. Victoire des troupes françaises à Sedan. Cent trente ans plus tard, Napoléon VIII succède à Napoléon VII.

*

Historiette. Le petit duché de V*** était malencontreusement situé entre la Villogne et la Syriade, vastes pays toujours en guerre. Les armées ennemies s'y rencontraient fatalement, et le duché était ravagé à chaque nouvelle bataille. Les habitants reconstruisaient patiemment leurs maisons, victimes collatérales résignées d'un conflit qui ne les concernait en rien.

*

Assureurs. Franz Kafka. Georges Bernanos. Raymond Guérin.

*

Fonctionnaires. Guy de Maupassant. Remy de Gourmont. Leconte de Lisle.

*

Médecins. Céline. Jacques Chauviré. François Garcia.

*

Historiette. « J'écris, voilà soixante jours, à un organisme officiel qui doit accuser réception de mon envoi. Ce matin seulement, je trouve l'accusé dans ma boîte aux lettres et le glisse dans la poche de mon manteau. Ce faisant, je découvre dans cette poche une enveloppe renfermant la lettre dont on accuse réception. » (Louis Scutenaire.)

*

Le monde à l'envers. « Du bas de ces pyramides, vingt-six ans et demi les contemplent. » (Georges Perros.)

*

Le monde à l'envers. « Mon drame : j'avais trop d'arcs à ma corde. » (Matthieu Galey.)

*

Le monde à l'envers. « Il arrive que ce soient les oreilles qui ont des murs. » (Louis Scutenaire.)

*

Dialogue. L'enfant : « Où est mon ballon ? » Le puits : « Il est ici, viens le chercher ! » La mère : « Où est mon garçon ? » Le puits : « Il est ici, tout au fond ! »

*

Le monde à l'envers. Cette femme était affreuse mais, ayant fait fortune dans les affaires, elle avait tous les hommes à ses pieds. C'est ce qu'on appelle réussir pour coucher.

*

Caractères. Je me demande souvent où je veux en venir.

*

Caractères. Il était tout de suite dépassé par les non-événements.

*

Citation. « J'ai l'esprit de fuite. » (Georges Perros.)

*

Citation. « Je sais tout, mais je n'y comprends rien. » (René Daumal.)

*

Une nécessité. Le silence.

*

Une condition. Le silence.

*

Une possibilité. Le silence.

*

Un mot d'ordre. Disparaître.

pca
cmb
édition pré-presse
livres numériques

44400 Rezé

Imprimé à Barcelone par:
CPI Black Print
novembre 2021

Imprimé en Espagne